Cargo pour l'enfer

Bernard Clavel

Cargo pour l'enfer

ROMAN

Albin Michel

IL A ÉTÉ TIRÉ DE CET OUVRAGE
TRENTE-CINQ EXEMPLAIRES
SUR VÉLIN CUVE PUR FIL DE RIVES
DONT VINGT-CINQ NUMÉROTÉS DE 1 À 25
ET DIX, HORS COMMERCE,
NUMÉROTÉS DE I À X

Cet ouvrage est un roman. Toute ressemblance
avec des personnes vivantes ou ayant vécu
serait pure coïncidence.

© Éditions Albin Michel S.A., Bernard Clavel et Josette Pratte, 1993
22, rue Huyghens, 75014 Paris

ISBN 2-226-06219-X (volume broché)
ISBN 2-226-06220-3 (volume luxe)

*A Jacques Delarue
avec mon amitié*

B.C.

« *La barque de Caron va toujours aux enfers.*
Il n'y a pas de nautonier du bonheur. »

Gaston BACHELARD

PREMIÈRE PARTIE

Caraïbe

« *En certains lieux, à de certaines heures, regarder la mer est un poison. C'est comme, quelquefois, regarder une femme.* »

Victor Hugo

1.

C'est la grande migration.

Par milliers, par millions, les oiseaux ont passé l'hiver sur les terres du Sud.

Ils partent.

Ils fuient le soleil trop vif. Par longs vols ils vont reprendre la route du Nord et regagner les toundras où ils nicheront.

Depuis des millénaires ils suivent les mêmes routes de lumière, de nuées et de vent. Et, chaque année, au printemps comme en automne, ils affrontent les mêmes dangers, se heurtent aux mêmes pièges, leur vol se brise parfois. Tempêtes de neige, vents de sable, tornades qui emportent au large des océans des espèces terrestres, ouragans qui poussent à l'intérieur d'un continent hostile des espèces marines, filets tendus par des pêcheurs, mitraille des chasseurs, trappes de toutes sortes, lignes et pylônes, câbles chargés d'un fluide foudroyant, mâts de métal, antennes, phares énormes, projecteurs, avions, immeubles éblouissants comme des astres, torchères terribles des vastes champs pétrolifères et des plates-formes océanes.

A chaque migration, qu'ils aillent du sud au nord ou du nord au sud, des milliers d'oiseaux meurent par la colère du ciel ou par la faute des hommes.

C'est la grande migration.
Elle les fait se lever des contrées devenues brûlantes d'Amérique du Sud pour piquer vers les terres nordiques du Canada. Les uns vont emprunter la route de l'Ouest et longer la côte du Pacifique ; les autres traverseront la mer des Caraïbes et survoleront ensuite les rivages atlantiques. Ils longeront la Floride où somnolent des grands pélicans blancs indifférents.
En route, que ce soit sur les terres ou les eaux, ils vont s'arrêter, se nourrir, se reposer et reprendre leur vol de nuit comme de jour. Que le ciel soit gris ou limpide, que la nuit soit baignée de lune ou obscure, ils vont sans jamais se tromper de chemin.
Des millions d'oiseaux de centaines d'espèces.

Ce matin, des balbuzards et des faucons pèlerins, des aigrettes neigeuses, des hérons garde-bœufs, des canards pilets et même une tribu de sarcelles soucrourou sont arrivés des plaines et des montagnes de la Guyane brésilienne et des plateaux du Mato Grosso. Ils ont pour habitude de marquer une longue halte dans la baie de Puerto Cabello.
Au nord-est, ce sont les Petites Antilles, les îles Sous-le-Vent, la Grenade, Saint-Vincent, Sainte-Lucie, où ils se poseront tout au long de leur route.

Caraïbe

C'est comme un passage qu'on leur aurait tracé entre le déferlement lourd de l'océan aux tempêtes écumantes et la douceur de jade de la mer des Caraïbes.

Mais avant de quitter la grande terre du Sud, ils s'y sont posés une fois encore. Chargés de fatigue, la faim au ventre.

Des poissons étaient là, en abondance. Et, tout au bout du quai désert d'un vaste port, d'étranges matériaux empilés où tourbillonnaient des myriades d'insectes.

Les oiseaux mangent le poisson.

Ceux qui ont l'habitude de la pêche plongent. Ceux qui vivent sur la terre ferme se posent sur les quais, sur les terrains en friche qui les prolongent, sur une plage dont le sable est de cent couleurs étranges.

Les plongeurs émergent avec peine. Leurs plumes collées, leurs ailes lourdes, les yeux clos par des matières visqueuses qui les aveuglent. Même leurs cris de détresse sont englués, étouffés par cette poix tiède.

Les mouettes rieuses n'ont plus leur voix de joie, elles essaient en vain de voler. Lourdes, tirant derrière elles des fils rouges, bleus, jaunes, elles s'élèvent de quelques mètres et retombent.

Les coulicous à bec jaune restent collés à la terre, leur glouglou s'étouffe. Leurs huppes sont lourdes, comme enduites de goudron.

Les grands échassiers pataugent. Ils font des efforts désespérés pour se déprendre de cette boue fétide qui leur brûle les pattes. Lorsque, épuisés par tant de mouvements, ils versent sur le côté et qu'une de leurs longues ailes touche le lit gluant, c'en est fait à tout jamais de leurs espoirs de ciel limpide.

Ils se débattent, mais leurs efforts sont vains. Bientôt, on les voit se coucher sur le flanc. Ils lèvent désespérément vers la lumière leur long cou fragile et souple. Leur bec s'ouvre, appelant l'air. Mais l'air aussi est devenu visqueux, chargé de poison. Les ailes collées au bourbier, ils sont bientôt comme aspirés.

Dès que leur tête n'a plus la force de se lever, c'est l'agonie. Une souffrance terrible. Une douleur qui mord les chairs, un aveuglement.

Puis la mort après quelques derniers soubresauts.

Les corps secoués de sanglots demeurent à jamais collés au rivage maudit.

2.

Il fait grand jour quand le *Gabbiano* pénètre dans les eaux de Puerto Cabello. Une brume de chaleur éloigne déjà la masse des Andes que l'on devine à peine. A cette brume, se mêle la fumée des usines.

— La barre à zéro, ordonne le commandant Bernier.

— La barre est à zéro, lance la voix enrouée du timonier.

— Merci... A gauche dix !
— La barre est dix à gauche.
— Zéro la barre.
— La barre est à zéro.
— Arrière toute !

Le *Gabbiano* secoué de la quille à la passerelle vibre.

— Lente seulement en arrière.

Quelques secondes passent avant que le commandant lance :

— Stoppez la machine !

Bernier s'éponge le front avec son mouchoir. Par la porte ouverte sur l'aileron de tribord entre un souffle brûlant et chargé d'odeurs aigres.

— Prêt à embarquer le pilote ?
— Prêt à embarquer.
— Comme si on avait besoin d'un pilote dans un port pareil, fait le bosco qui se tient en retrait, devant la table des cartes.
— Toi, tu dis ça partout. On commence à le savoir. On jurerait bien que c'est toi qui casques.

Bernier est un homme solide, dans la cinquantaine. Pas trop de ventre. Un visage carré dont les traits sont encore accentués par un collier de barbe noire striée de fils blancs. Les sourcils épais ombrent des orbites creuses où pétillent des yeux gris très vifs. Le nez épaté semble avoir encaissé un violent coup de vent venu de tribord. Le bosco est plus âgé. Très enveloppé, avec une trogne rouge et un pif en fraise mûre. De gros yeux qu'on croirait embués de larmes et un front dégarni, labouré de rides profondes. Son petit ventre rond déborde d'un pantalon dont les jambes accordéonent sur des espadrilles d'un bleu pisseux.

Le second arrive, accompagnant un homme brun au visage rieur qui vient leur serrer la main. Il parle un anglais à peine teinté d'accent.

— Je peux vous dire que vous êtes attendus. Mais faudrait me payer cher pour que j'embarque avec vous.

— Qu'est-ce qu'il y a donc ?
— Vous sentez pas ?

Le commandant, le second, le bosco et l'homme de barre se regardent. Les quatre flairent à petits coups. Le bosco s'inquiète :

— C'est notre cargaison qui pue comme ça ?

— Exactement. Et on est pas encore au plus fort de la chaleur. Attendez midi, vous allez rigoler !
— Mais c'est pas possible, fait Bernier. On ne m'a parlé que de fûts plombés et en bon état.
Le pilote a un petit rire. Il les regarde tous de son œil noir avant de répondre.
— Plombés, sauf ceux qui ont éclaté. Il y a tout de même un enfant de six ans qui est mort. Et on vient d'annoncer qu'une vingtaine sont à l'hôpital.
Un silence épais s'est affalé entre eux. Tous les regards interrogent Bernier. Tous sauf les gros yeux ronds d'Evariste Fournon, le bosco, dont le visage semble s'être affaissé. Il a un geste qui soulève ses mains lourdes. On dirait qu'il veut à la fois s'excuser et se protéger d'on ne sait quelle menace.
Le commandant lance en français au second, grand jeune homme maigre au long visage surmonté d'une brosse blonde parfaitement taillée, et barré d'une petite moustache :
— On va pas lanterner. Allez me faire établir la communication avec Frattori, appelez-moi dès que vous l'aurez.
Puis, se tournant vers le pilote il dit en anglais :
— Quand vous voudrez, monsieur.
Le pilote sort sur l'aileron bâbord en ordonnant :
— Avant lente, la machine.
— Le pilote demande avant lente la machine.
— La barre à gauche vingt.
Le *Gabbiano* manœuvre sur les eaux du port pareilles à une huile épaisse. Sa coque d'un gris bleuté avance lentement vers l'extrémité d'un long quai désert. La chaleur fait vibrer l'air.

A quelques centaines de mètres vers l'intérieur des terres s'élèvent de longs hangars derrière lesquels quelques grues immobiles piquent la lumière de leurs flèches. Entre les bâtisses de métal et la bordure du quai, une énorme pile de fûts multicolores. Le rouge, le vert, le bleu et le jaune criard y dominent.

— Bon Dieu, y a l'paquet, remarque le bosco.

— On le sait, fait le second : douze mille huit cent quatre-vingts fûts. Ça doit faire deux mille huit cent cinquante-quatre tonnes.

A mesure que le bateau avance, beaucoup plus à gauche et en retrait, sur le quai, on voit une foule de gens qu'un cordon de policiers casqués et armés de longues matraques empêche d'avancer. Une clameur monte. Ces gens crient des insultes en espagnol, en portugais, en italien et en anglais. Tout se mêle en un charivari qui vient mourir en vagues sur l'eau de plus en plus crasseuse.

— Y vous invitent au bal pour ce soir ! lance l'homme de barre au bosco. Vous irez sans moi.

Le bosco ne répond pas. Il a rejoint le pilote et le commandant sur l'aileron. S'adressant au pilote :

— Y tiennent bon, vos flics ?

— Ils sont payés pour ça. Et ils ont du métier.

— On vient chercher la saloperie et y s'en prendraient à nous, comprends pas.

— La machine avant lente.

— La machine est avant lente.

Le *Gabbiano* glisse à vingt mètres du quai. La puanteur augmente. On voit nettement des traînées jaunâtres et d'autres d'un brun presque noir qui coulent le long de la muraille de ciment vers les eaux huileuses où flottent des débris de toutes sortes déjà englués.

— J'espère que vous avez des bonnes grues à bord et des gars qui savent s'en servir. Il n'y a pas un docker qui acceptera de vous aider. Pas un. Tous sont en grève. Ils ne reprendront le travail qu'une fois le quai débarrassé de vos fûts. Vous n'imaginez pas le bruit que cette histoire peut faire dans le pays. On se demande si le gouvernement ne va pas sauter !

— Vérole ! soupire le timonier, on est dans une belle merde !

Au fond de la timonerie, une petite porte grise s'ouvre. Le second se penche et appelle :

— Commandant ! Vous avez votre communication.

— Venez ici à terminer la manœuvre.

Il se hâte vers la cabine étroite où l'officier radio se tient penché vers les appareils. Il tend les écouteurs au commandant qui s'assied sur un petit siège en métal et lance :

— Monsieur Frattori !

— Oui. Bonjour commandant. Ça va ? Vous arrivez !

La voix semble grésiller dans la friture bouillante, mais l'homme paraît enjoué.

— Non. Ça ne va pas du tout. Vous m'avez parlé...

Bernier explique très vite ce qui se passe et ajoute :

— Vous nous avez placés dans une situation impossible, monsieur Frattori.

L'autre se récrie et son accent d'Italien du Sud prend de plus en plus le dessus :

— Ma no, comandante ! Vous me connaissez. J'ai toutes les garanties. J'ai toutes les assurances.

Bernier élève la voix et l'interrompt :
— Quand des enfants meurent, il n'y a pas d'assurances qui tiennent, monsieur Frattori !
— Ma, comandante, écoutez-moi. Hier au soir j'ai communiqué avec le ministre de la Santé du Venezuela en personne. On ne sait pas du tout de quoi il est mort, ce pauvre petit enfant.
— Pas de s'être rongé les ongles, en tout cas !
— Comandante. Les autorités locales devaient surveiller ces fûts jusqu'à votre arrivée.
— Mais vos fûts...
— Vous saviez très bien qu'ils contiennent des matières dangereuses. Et les autorités le savaient aussi. Il faut les reprendre, nous les reprenons. Nous les acheminons chez des gens sérieux qui...

Bernier hurle :
— Nous, c'est mes hommes et moi, c'est pas vous ! Quant à vos autorités locales, si ça se trouve, demain elles auront perdu le pouvoir ! Alors, vous pouvez compter sur elles pour vous tirer du merdier !

Et d'un coup de poing rageur il coupe la communication. Reposant les écouteurs sur la console, il se tourne vers l'officier radio qui n'a pas bronché. C'est un grand mince au visage recuit où luisent des yeux très noirs. Il a des cheveux bruns longs et frisés qui coulent jusque sur le col trempé de sa chemise. Un instant les deux hommes se dévisagent en silence.

Bernier fait un quart de tour sur sa gauche. Dans l'encadrement de la porte se tient le bosco qu'on dirait accablé. Au moment où le commandant ébauche un pas dans sa direction, de la timonerie, le second lance :

— Sommes à quai, commandant !

Bernier s'avance et le maître d'équipage se détourne pour le laisser passer. Alors qu'il s'éloigne pour rejoindre le pilote et le second sur la passerelle, le bosco regarde l'officier radio.

— Ça, dit-il d'une voix dure, c'était pas dans le contrat. Ton cousin, j'aimerais bien l'avoir devant moi en ce moment. Mais toi, Castri, t'étais sûrement au courant.

Massimo Castri ne sourit pas. Son front bas se plisse. Ses longues mains brunes ont un geste lent, un peu comme celles d'un prêtre fatigué de bénir Sa tête va trois fois de droite à gauche.

— Evaristo, tu me connais. Je n'aurais pas embarqué si tout n'avait pas été régulier. Tu as ma parole, Evaristo ! Et mon cousin ne m'aurait pas fait embarquer dans une histoire pas claire.

Lui aussi a un accent assez prononcé, mais sa voix est plus limpide que celle qui vibrait tout à l'heure, à plus de dix mille kilomètres de distance.

L'Italien s'approche lentement. Il a une démarche de fauve fatigué de tourner en cage. Son visage hésite encore un peu, puis un sourire découvre des dents très blanches.

— Le satellite, dit-il, ça permet de gueuler. Une chance que ça permette pas de foutre des claques...

Le bosco sort en haussant les épaules. Il traverse la timonerie d'un pas vif qui fait tressauter son petit ventre rond et va claquer la porte qui donne accès à l'aileron. Seul l'homme de barre est encore là qui roule une cigarette. Il regarde le bosco et dit :

— La merde, quoi !

L'autre se borne à ordonner :

— Faut tenir tout bouclé, sinon, on va crever. Demandez au chef de pousser la clime à fond.

— C'est fait. La clime vaut pas cher, sur cette casserole.

Le bosco sort. Il descend d'un étage pour entrer dans le bureau du commandant. Le pilote est là qui boit du thé tandis que Bernier remplit un formulaire. Il lève le visage et pousse ses lunettes sur son front.

— Tu fais mettre l'équipage sur le pont pour le chargement. Tu attends que je remonte pour donner l'ordre d'attaquer. Je descends avec le pilote voir la direction du port. Rien n'est clair, dans cette histoire. Rien du tout !

3.

Parce que la direction du port de Puerto Cabello tenait à se débarrasser le plus vite possible de ce qui empoisonnait ses quais et ses eaux, le commandant du *Gabbiano* a pu obtenir que deux grues soient mises au travail pour accélérer le chargement.

Journée torride !

Pas un instant l'épais brouillard de lumière ne s'est déchiré. Les grutiers, comme les hommes œuvrant sur le quai ou au fond des cales, ont besogné le nez et la bouche recouverts de masques blancs. Le directeur du port en a donné un carton au commandant en disant :

— Il faut les porter. C'est un ordre du médecin. Et laver les yeux. Je n'ai rien à vous donner pour protéger. Il faut laver les yeux.

Ouvrage terminé et cales bouclées, tout le monde, même les hommes qui sont restés dans la timonerie bien close ou dans la salle des machines, a les yeux rouges et larmoyants. Il y a quatorze hommes à bord, quatorze qui ne cessent de pleurer et de se moucher.

Le chef mécanicien est d'une humeur massacrante. Il n'arrête pas de répéter :

— C'est la mort en personne qu'on a embarquée.

On dirait qu'il en veut à tout l'univers et, quand il croise le radio, les autres ont toujours peur qu'il lui saute à la gorge.

Le chef mécanicien est un Grec de trente-neuf ans, Nikos Sikeliotis. Un petit homme presque aussi large que haut. Tout en os et en muscles avec une lourde gueule de dogue bougon. Son œil brun semble scruter le monde comme s'il espérait vraiment le pénétrer jusqu'aux entrailles. Son second est un Grec comme lui, Thânos Parmakelis. Trente ans. Un bon gros qui va son chemin sans jamais rien réclamer d'autre qu'à manger en abondance. Ils ont avec eux un ouvrier français, Auguste Poilard, petit, maigre, remuant et bavard. Il a cinquante-huit ans et vit le regard rivé sur la retraite dont il parle comme d'un continent à découvrir.

Aujourd'hui, la température est montée à quarante dans le compartiment-machine. A l'odeur de graisse surchauffée qui y règne en permanence, s'ajoute la puanteur du dehors qui pénètre partout. Poilard a commencé par plaisanter :

— Mon père était vidangeur. J'suis né dans l'parfum d'la pompe à merde. Moi, plus ça pue, plus j'aime ça ! J'aurais pu être coiffeur pour dames, ça m'aurait pas gêné !

Ça n'a pas fait sourire les deux Grecs.

Le soir venu, Poilard est muet. Muselé par les remugles. Il continue de graisser la machine et de surveiller les cadrans en essuyant ses yeux rouges avec un mouchoir crasseux.

Tout le *Gabbiano* pleure ainsi et renifle.

Le remuement des fûts en a encore fait éclater quelques-uns, et l'odeur s'est étendue de plus en plus. En dépit de l'avancée des vapeurs acides vers les bas quartiers, la foule est demeurée très dense, toujours houleuse derrière le cordon de police. On a eu toute la journée le sentiment que, sur ces gens-là, ni la chaleur ni les effluves irrespirables n'avaient d'effet.

Tandis que grutiers et matelots poursuivaient leur tâche exténuante, des barges sont venues se coller au flanc du cargo pour livrer du combustible, de l'eau potable et des vivres.

Tout s'est déroulé plus vite que de coutume. Ceux du port avaient grande hâte de voir s'éloigner cette pestilence, ceux du bord étaient pressés de quitter cette rade, comme aiguillonnés par la certitude qu'une fois au large, leur cargaison cesserait d'être un poison.

A présent, le *Gabbiano* va dans un reste de jour qui traîne sur les eaux. Il est encore loin de l'Atlantique, mais sur la mer des Caraïbes un petit vent d'ouest se lève qui suffit à éloigner un peu du bateau l'odeur qu'exhalent les cales pourtant fermées avec soin.

Ce vent qui court plus vite que le bateau porte à la nuit vers laquelle il s'avance l'annonce de son passage.

La vague va battre les plages des îles de rêve. Et les gens étonnés regardent la mer d'où jamais nulle marée n'a fait monter un souffle aussi fétide.

Sur le gaillard d'avant, entre les tambours des câbles, les poupées des treuils et les bittes de métal, quelques hommes exténués qui ne sont pas de quart viennent de s'allonger. Ils offrent à la fraîcheur du vent leur torse ruisselant. Parmi eux, le mousse, Raimondo Sacconi. Il a seize ans. Il est de Porto Ercole, dans le beau pays de Toscane. Assis, son dos nu appuyé au métal du support d'un petit cabestan, il tient serrée contre lui une chatte grise qui ronronne sous ses caresses. Il lui parle à voix basse, dans sa langue chaude qui chante.

— Tu es la plus belle, ma Caraïbe. Regarde, c'est ton pays qui s'en va. C'est pas loin d'ici que je t'ai trouvée. Tu pensais pas que tu reviendrais là après quelques mois. Et tu es là. Et on s'en va, ma belle Caraïbe. On va retourner en Italie. C'est bien mieux.

Sa voix est à peine un murmure, pourtant, celle plus forte d'un autre Italien s'élève, rauque comme si de la caillasse remuait au fond de sa gorge.

— Moule un peu, tu veux, avec ta bestiole. Si t'es pas crevé, t'as du pot. Laisse-nous roupiller. Tu nous les écrases. Les Caraïbes on y trouve que de la merde. T'as pas vu? Tu sens pas?

Il y a quelques ricanements.

Le mousse se lève lentement. Il tient toujours serrée contre sa poitrine la chatte qui vient d'ouvrir les yeux. Dans ce regard se reflète un petit éclat de crépuscule.

Le garçon s'éloigne lentement en direction de l'arrière. Le château avec ses fenêtres éclairées se détache en une masse sombre trouée de néon sur le ciel que le crépuscule brosse de pourpre et de violine.

— Viens, ma belle, viens, on va se trouver un coin pour nous, loin de ces cons. Loin de ces cons.

Sa voix est si douce que tous les mots qu'il prononce semblent des mots d'amour.

4.

L'AUBE sur l'océan. Long reflet vibrant qui va s'élargissant. Le calme plat.

Le *Gabbiano* marche bien sur cette mer d'huile. A peine si une longue houle le soulève. L'Atlantique est habité par une lente respiration, une force énorme qui somnole encore.

Le *Gabbiano* est un cargo de dix-huit ans. Cent cinquante-sept mètres hors tout. Jauge brute de dix mille quatre cent sept tonneaux. Il bat pavillon cypriote. Par bonne mer, il file ses quatorze nœuds.

Dans la timonerie, le second vient de prendre le quart. L'homme de barre est Antonio Reni. Un Italien de vingt-cinq ans court sur pattes et large d'épaules. Tout en lui respire une grosse force épaisse. Son front très bas est ombré par une casquette blanche de joueur de boules posée sur une tignasse noire qui en déborde de partout. Le mousse Raimondo entre avec un plateau portant une grosse cafetière blanche et des tasses. En italien, il lance :

— Ces messieurs sont servis. N'oubliez pas le garçon !

Le bosco qui se tient en retrait près de la table des cartes dit durement :

— Ta gueule ! Tu dois parler anglais ou français.

— Le bateau est italien, fait le garçon qui semble mal réveillé.

— L'armateur est suisse, le commandant est français, on bat pavillon cypriote. Comme tu sais pas un mot de leur baragouin...

Un instant, ils parlent tous en même temps et personne n'écoute personne. La machine ronronne comme si elle accompagnait ce dialogue où chacun semble avoir raison. Puis, très vite, ils se taisent pour boire leur café.

— Et ta chatte, demande le bosco, qu'est-ce qu'elle parle ?

— L'italien.

— Rien à grailler tant qu'elle demandera pas en français.

— Ou en anglais, remarque le second.

— Non, la langue de la bouffe, c'est le français.

— Bouffer, fait le timonier, c'est tout ce qui vous occupe, les Français.

— Et toi, pauvre bille, pourquoi t'es sur ce rafiot bourré de merde, tu t'entraînes pour l'America, peut-être bien ?

Le gros Italien rit et son énorme poitrine tressaute au-dessus de la tôle grise où ses mains épaisses ont l'air de vouloir briser des jouets trop fragiles pour elles.

— J'suis là comme vous. Et j'crois bien qu'on s'est tous fait entuber comme des tantes !

— Tu l'as dit, bouffi !

Ils parlent sans colère. L'odeur n'est plus comme hier. La brise du large emporte loin ce que les panneaux fermés laissent monter de la cale. Le bosco achève sa tasse et va la remplir avant de reprendre :

— T'en feras, des traversées à vide pour aller et presque à vide au retour. Tout de même, on vit une drôle d'époque.

— Si vous appelez ça du vide !

C'est le second qui vient de répliquer et ses longs doigts maigres ont serré son nez pendant qu'il parlait.

— Deux mille huit cent cinquante-quatre tonnes sur un bateau qui peut en embarquer dix fois plus, fait le mousse soucieux de montrer qu'il connaît les navires.

— Tais-toi donc, garnement ! crie le bosco. Un jour, j'ai chargé de la plume. Oui oui, du duvet pour des parkas, eh bien, des cales plus grandes que celle-ci, les cinquante tonnes ont jamais pu y entrer.

Ils parlent un moment de transports qu'ils ont effectués les uns et les autres, puis Antonio Reni revient à son idée :

— En tout cas, j' sais pas ce qu'on a embarqué, mais j' vous dis qu'on s'est fait avoir. C'est pas un chargement réglo. On sera emmerdés...

Le bosco l'interrompt.

— Pauvre bille ! qu'est-ce que tu crois donc, qu'un armateur rital comme ta pomme quitte la Botte pour s'en aller faire de la confiserie réglo en Suisse ? Forcément, qu'c'est une fripouille, sinon, y serait pas allé payer un loyer à Lausanne qu'est un port de mer comme t'en as jamais vu. Seulement, nous, on est raqués régulier. Ce qu'il nous fait trimbaler, on en a rien à branler.

L'Italien parle un assez bon français, mais, visiblement, il ne saisit pas très bien le langage du bosco. Son front bas se plisse. Il fait un effort pour suivre.

— Tiens, nez d'bœuf, poursuit le maître d'équipage. J'parie qu't'as entendu parler de Valentino Perrera.

— Vous parlez, toute l'Italie le connaît.

— Ce que tu sais sûrement pas, c'est comment il a fait fortune.

— Les armes pour le Liban, c'est pas un secret.

Le bosco a un ricanement de mépris.

— Pauvre bille. Je l'savais que t'allais me balancer cette vanne. Les armes, ça lui a juste apporté un gros sac d'emmerdes. Sa fortune, il l'a faite quand y avait le boycott du pétrole en Afrique du Sud. Tu t'souviens ?

— Pas bien.

— C'est sûr, t'étais pas sevré. Enfin, ton Perrera...

— C'est pas l'mien.

— C'est un Rital comme toi, nez d'bœuf !

— Laissez-le raconter, intervient le mousse, ça m'intéresse.

— Ben figure-toi que ton Valentino, il a eu une idée de génie. Il achetait des pétroliers en Norvège. Là-bas, t'en avais plus de cent qui foutaient rien. Y prenait les plus pourris. Il les envoyait dans le golfe Persique charger du pétrole pour Rotterdam. Tout ça, gars, normal. Cent pour cent réglo.

— Normal, répète le mousse très intéressé qui suit en fronçant les sourcils.

— Seulement, au retour, manque de pot : avarie de machine au large de Durban.

Le maître d'équipage fait une curieuse grimace qui remue son gros nez rouge. Il poursuit :

— J'sais pas ce qu'y peut y avoir dans c'putain d'canal de Mozambique. Chaque fois, ça détraquait la machine.

Les autres se mettent à rire et le second observe :

— Vous savez, à Madagascar, y a encore pas mal de sorciers.

— Ça doit être ça. Toujours est-il que le pétrolier entrait en rade de Durban pour se faire réparer. Y déchargeait ses 50 000 tonnes de pétrole et le tour était joué.

Le second sourit. Il a pris les jumelles pour observer un bateau qui fait la route en sens inverse. Les deux Italiens se regardent un instant et le bosco semble jouir de leur étonnement. Antonio Reni demande :

— Et y rentrait à vide ?

C'est la question que devait attendre le maître d'équipage.

— Toi, bas du cul, t'es pas fait pour les grandes idées. Tu parles qu'ils allaient se faire ramasser comme des bleus ! Ton Valentino...

— C'est pas l'mien !

— On l'sait !... Ton Valentino, il avait tout prévu. Une fois l'pétrole déchargé, on remplissait d'eau. (Il fait un geste circulaire pour désigner l'immensité bleue.) C'est pas ce qui manque et ça coûte rien. Après, les mecs se fatiguaient pas. Ils allaient pas loin. Au large du Congo, des fois au Sénégal. Et paf !

Explosion! Le bateau coulait à pic. Jamais de victime. On retrouvait tout l'équipage à bord des canots avec les sacs et les valoches. C'est tout juste si les types étaient pas en cravate.
— Et le bateau?
— Perdu!
— Assuré?
— Tu parles! Mais seulement responsabilité. Comme y avait jamais de tiers, pas d'enquête. Et le bénef était tout de même assez solide. Tu peux me croire.
Dans le regard du maître d'équipage, doit passer une farandole de bouteilles.
— Pas loin de vingt bateaux. Le fric qu'ils ont dû ramasser! Personne râlait. La flotte, ça fait pas d'marée noire. Tu vois, nez d'bœuf, chez toi, y a pas que celui qu'a barbouillé la *Joconde* qui a du génie!

5.

A table, dans la salle à manger des officiers. Sont présents le commandant, le chef mécanicien, le maître d'équipage et l'officier radiotélégraphiste. C'est le cuisinier qui les sert. Eric Boussardon. Un Niçois de vingt-six ans que le bosco a engagé uniquement parce qu'il sait bien faire les pâtes. C'est un grand blond avec un visage de fille sous des cheveux trop longs. Quand le commandant l'a vu pour la première fois, il a demandé au maître d'équipage si son protégé avait des bras ou des pattes d'araignée. Poilard qui se trouvait là a cru comprendre : les pattes à Rainier. Il a dit :

— C'est normal, il est né pas loin de Monaco.

Depuis, on appelle Boussardon : Rainier ou encore Prince Eric.

Aujourd'hui, Prince Eric leur a préparé des spaghettis bolognaise. Le plat fumant où les longues pâtes blanches sont presque entièrement recouvertes de viande hachée fin et de sauce très rouge est comme plein de soleil. Bernier remarque :

— Splendide ! mais depuis seize jours qu'on a

quitté l'Italie, j'ai compté, on a bouffé quatorze fois des pâtes.

Rainier porte ses longues mains à sa poitrine où la sueur colle le tissu blanc de son maillot. Son regard file vers le bosco. Il a l'air de dire que lui, Prince Eric, n'y est pour rien.

— Ceux qui n'aiment pas ça, fait le maître d'équipage, n'ont qu'à descendre dans la cale, y a des conserves de premier choix !

— Arrête avec cette charognerie, lance Bernier, quand on y pense pas, faut que tu nous la ramènes sur la table.

S'étant servi, il lui passe le plat en ajoutant :

— Mange, et tais-toi !

Il goûte puis, levant sa face carrée vers le cuisinier, il cligne de l'œil en lançant :

— Très bon. Mais tout de même, n'oubliez pas qu'on a embarqué des légumes frais.

Le cuisinier promet d'y penser et se retire sur ses longues pattes arquées.

— En Afrique, dit le chef mécanicien, j'espère qu'on va embarquer des fruits. Moi, j'ai besoin de fruits. Ça me fait aller.

Le commandant fait mine de se fâcher.

— Nom de Dieu, on n'en sortira pas. Quand c'est pas l'un qui parle du poison embarqué, c'est l'autre qui nous étale ses tripes sur la table ! Pas plus d'éducation que le trou de mon cul !

Tout le monde rit. Les repas sont un bon moment de détente dans la salle à manger où il fait frais. Par une large baie sur tribord, on voit scintiller la mer sous un ciel d'un gris lourd de lumière écrasante.

— Avec mon père, commence le bosco, tout ça, t'aurais pu en parler à table. Pour lui, c'était d'l'or en barre.

— Qu'est-ce qu'il faisait, votre père ? demande l'officier radio qui n'a encore rien dit.

Le maître d'équipage essuie ses grosses lèvres avec sa serviette en papier bleu, hoche la tête d'un air entendu en scrutant le beau visage du jeune Italien assis en face de lui. Il prend son temps avant de répondre d'une voix qu'il voudrait douce :

— Mon père, y faisait comme ton oncle, mon gars.

Tous se regardent. Le radio a un sourire gêné et finit par murmurer :

— Comme mon oncle ?

— Parfaitement... seulement lui, ça l'a pas enrichi. Les ordures, y récupérait que les nôtres. Il était jardinier, mon paternel. Il avait une remise où il élevait des lapins et des poules. Eh ben, tu me croiras si tu veux, un bout de ficelle long comme ce spaghetti, il l'aurait pas foutu loin. Tout, y ramassait, le vieux ! Ce que les bêtes pouvaient becter, il leur refilait. Ça, c'est courant. Ce qu'elles bouffaient pas, ça allait au pourrissoir pour faire de l'engrais. Engrais naturel. Ecologiste avant que ça existe, qu'il était, mon vieux.

— Le mien aussi, hasarde le chef mécanicien.

Le bosco l'interrompt :

— Ça peut pas être pareil. Tiens, les boîtes de conserve, qu'est-ce qu'il en fait, ton père ?

— Il y met ses clous.

— D'accord, le mien aussi, mais les clous, y en a pas des voitures. Il est pas menuisier, ton vieux !

— Eh bien...

— Eh bien le mien, y fabriquait des pièges à courtilières.

— Qu'est-ce que c'est que ces bestiaux-là? demande le radio.

— Y en a qui les appellent des taupes-grillons. C'est des crevettes longues comme mon doigt, qu'ont jamais trouvé la mer et qui la cherchent dans tous les jardins. Et, en cherchant, elles te cisaillent tous les pieds de tomates. Mon père, quand y pouvait pas les piéger avec les boîtes de cassoulet, il repérait leurs terriers et il y versait de l'huile de vidange. Tu les voyais sortir plus bronzées que toi pour crever au soleil. Tu vois, mon père, il avait inventé la marée noire!

— Drôle d'écolo, lance le commandant.

— N'empêche qu'il allait tous les matins poser culotte au pied de ses légumes et que les gens de la ville se battaient pour en avoir. Tout ça pour vous dire qu'avant le plastique, le monde pouvait vivre sans poubelles.

Le cuisinier qui vient d'entrer a écouté un moment, le dos collé à la porte. S'approchant pour desservir, il demande :

— Et les bouteilles vides, qu'est-ce qu'il en faisait votre père, monsieur Fournon?

Le bosco lève vers lui un regard méprisant.

— Il les remplissait.

— Et après?

Plusieurs voix s'élèvent pour dire que son fils se chargeait de les vider. Le bosco laisse s'éteindre les rires, puis, s'adressant à Prince Eric, il dit calmement.

— Les bouteilles, quand y savait vraiment plus quoi en faire, il attendait de voir passer devant chez nous un con comme toi... et il les lui collait dans l'train.

Un rire énorme salue la sortie du cuisinier qui s'en va avec ses assiettes sales.

6.

Ce matin, la température dans le compartiment-machines du *Gabbiano* atteint 48°. Une houle plus profonde s'est creusée.

Poilard est là, avec Parmakelis. Surveillance et graissage de routine. La machine tourne rond. Le Grec demande :

— T'as entendu ce qu'ils ont dit, pour là d'où on vient ?

— Non. Quand ça ?

— Ce matin. Y a trois enfants qui sont morts. J'crois qu'on s'est tirés à temps.

Le Français s'éponge le front. Son visage maigre ruisselle. Des gouttes tombent de son long nez crochu. La sueur qui le brûle l'oblige à s'essuyer les yeux avec soin. Quand il a terminé, il demande :

— Si tu dis ça au gars de Lausanne que notre Vieux est allé voir, tu sais, celui qui nous paie, t'as idée de ce qu'il te répondra ?

— Ma foi, lui, j'crois bien qu'y s'en fout.

Le visage rond et un peu bouffi du gros mécanicien luit comme un cuivre huilé. Son regard exprime tout de même une certaine inquiétude. Il attend la réponse.

— Eh bien, fait Poilard, y te répondrait que trois lardons de plus ou de moins dans un bled où ils en fabriquent à la pelle, ça changera pas la face du monde.

— Ça se peut, seulement les parents, y diraient pas pareil.

— Oui mais...

Le Français s'interrompt. Le chef mécanicien vient d'entrer en lançant :

— On va se payer un bon petit coup de tabac !

— Pourtant, remarque Thânos Parmakelis, la radio annonce un temps stable.

— C'est la chatte du mousse qui le dit. Paraît qu'elle se trompe jamais.

— J'veux bien le croire, dit Poilard. J'ai connu un chien, sur le *Désiré*, y sentait venir la tempête deux jours avant. Y menait une telle vie que ça en venait à nous foutre la trouille. Il a fini par tomber à la baille. On s'est demandé si c'était pas un type qui l'avait poussé parce qu'il en avait ras la patate de l'entendre gueuler...

— Pauvre bête, dit le Grec, il a dû nager longtemps.

Poilard qui s'est remis au travail achève de reviser un graisseur puis, se redressant lentement, il se retourne en disant :

— Vous me croirez si vous voulez, eh ben, il était pas à moi, ce clébard. Pourtant, deux nuits j'ai pas fermé l'œil. Dès que je m'endormais, je le voyais patauger en regardant le bateau s'éloigner. Ça me faisait mal.

— Un marin qui balance un animal vivant par-dessus bord, dit le chef mécanicien, c'est une ordure.

Sombre, parlant plus bas comme pour lui seul, sa voix couverte par le vacarme des énormes diesels, il ajoute :

— La mer aime pas ça. Elle finit toujours par venger la bête. D'une manière ou d'une autre. J'suis certain que le fumier qui avait fait ça l'a payé !

7

Le commandant Bernier est seul dans le petit bureau qui se trouve entre sa cabine et la salle à manger des officiers. Assis à la table de métal gris dans un fauteuil dont il fait aller et venir le dossier à ressorts qui couine, il regarde la ligne d'horizon par-delà la proue du cargo. Elle est tour à tour libre, rectiligne sous le ciel lourd ou coupée en deux par les superstructures et les grues du pont avant. A bâbord, le long des panneaux fermant la cale, deux matelots sont en train de repeindre la rambarde.

La porte s'ouvre et le maître d'équipage entre à moitié. Du seuil, tenant la porte d'une main et le chambranle de l'autre, il demande :

— Tu voulais me voir ?

— Entre et ferme la lourde.

Le bosco s'exécute. Son front bas est plissé. Son œil à demi fermé, plein de méfiance.

— Assieds-toi.

Il s'assied. Bernier continue de se balancer sur son siège.

— Arrête de te balancer. Ça m'agace, ce couinement.

Le commandant cesse son mouvement et dit en souriant :

— Moi aussi, ça m'énerve quand d'autres le font. Quand c'est moi, ça me tient compagnie.

Le bosco se trouve dans un fauteuil identique, face au commandant. Ils sont l'un et l'autre éclairés de profil. Le bosco se balance deux fois et remarque :

— Celui-là, y grince pas. Tu devrais l'prendre.

Le commandant ne semble pas avoir entendu. Il fixe un point sur la mer, très loin. Un point pas différent du reste de l'immensité.

Un moment passe, lourd. Bercé par le martèlement régulier de la machine. Le maître d'équipage remue. Se frotte les mains. Tousse deux fois en faisant aller son éternel mégot mouillé le long de sa lèvre. Finalement, il répète :

— Tu voulais me voir ?

Bernier tourne la tête vers lui. Calmement, il demande :

— Tu savais, oui ou non ?

L'autre a un mouvement de tout le corps comme si on venait de le piquer.

— Tu me prends pour un salaud ou quoi ?

— Ecoute, Evariste, ça fait plus de trente ans qu'on se connaît. Je sais que même si l'alcool t'a ramolli l'esprit, t'es tout de même pas un demeuré intégral. D'accord, moi aussi, j'aurais dû en demander plus, mais avec toi, j'avais pas de raison de me méfier.

Le visage du bosco se plisse. Ses paupières battent sur ses gros yeux comme s'il allait se mettre à pleurer.

D'une voix qui tremble un peu et va des plus graves aux plus aigus, il explique :

— T'as raison. J'suis un con. J'ai fait confiance à ce changayeur. J'aurais pas dû. Des mecs qui font un métier pareil, on devrait toujours s'en méfier comme de la peste. Seulement, lui aussi, c'est un Rital. Tu les connais. Question de t'embobiner au baratin, y a pas plus fort. La voix, les mains et tout. C'est des champions. Ces mecs-là te possèdent...

Le téléphone grésille. Bernier décroche :

— J'écoute... Oui... Ah merde !

Son regard s'assombrit. Il se tourne vers le bosco et fronce les sourcils. Dans l'appareil gris, il dit :

— C'est bon. On y va !

Evariste Fournon est debout en même temps que lui et demande :

— Qu'est-ce qu'il y a ?

— Une connerie. La chatte du mousse s'est brûlée.

— Avec quoi ?

— Dans la cale.

Ils grimpent l'escalier intérieur et arrivent très vite dans la timonerie. Un matelot est à la barre. Le second, l'officier radio et le second radio sont près du mousse, contre le meuble des cartes. Le jeune Italien tient sa chatte renversée dans ses bras. Les yeux pleins de larmes, il explique :

— Elle s'est brûlée, commandant. Faut la soigner. C'est Caraïbe. C'est ma chatte. Elle sent la tempête à l'avance.

— On va la soigner. Fais voir ça.

Le garçon prend doucement une patte arrière de Caraïbe et la lève légèrement. Dès que le comman-

dant approche la main, la chatte pousse un hurlement de douleur puis souffle, la gueule grande ouverte.
— Putain, elle est pas aimable, dis donc !
— Y a que moi. Donnez-moi ce qu'il faut, je vais le faire.
— Tout seul, tu pourras jamais y arriver.
Le bosco intervient.
— J'sais ce qu'il faut, moi. C'est une brûlure chimique. Faut du chou. Y en a. Je vais en chercher avec de la gaze pour faire un pansement.
— J'aimerais mieux une pommade, dit le commandant.
— Laisse. Le chou, c'est radical.
Il disparaît très vite.
— Comment elle a fait son compte ? demande le commandant.
C'est le second qui explique :
— Comme la houle a forci et qu'on peut s'attendre à un coup de mer, j'ai donné l'ordre qu'on vérifie le saisissage des fûts. Ils sont descendus à quatre. Y avait Raimondo. Sa chatte a sauté derrière lui.
— Bon Dieu, ça coule tant que ça ?
Le mousse regarde le commandant :
— Ça coule pas tellement, mais elle a passé dedans. Ça pue vachement. Puis ça pique les yeux.
Le maître d'équipage arrive, suivi du long cuisinier qui porte un gros chou vert et un rouleau à pâtisserie.
— J'ai tout de même pris du Mercurochrome et de la pommade. Comme les quatre pattes ont dérouillé, on va en soigner deux au chou et les deux autres à la pommade. Demain on verra ce qui réussit.
— Qu'est-ce que tu veux faire, avec ton rouleau,

demande le commandant, une anesthésie générale?
— Rigolo, c'est pour écraser le chou. Lui faire donner son jus.
— Médecine de sauvage.
— Médecine à mon père. Elle vaut toutes les autres.

A force de douceur, ils parviennent à empaqueter les quatre pattes de la chatte qui regarde le mousse avec des yeux implorants.

— Pour le moment, conseille Bernier, tu ferais bien de la laisser là. Y a toujours quelqu'un pour la surveiller.

— Tu n'as qu'à rester un moment, dit le bosco. On va lui refiler un cachet qui la fera pioncer. Comme ça, elle arrachera pas le fourbi.

Le cuisinier a apporté une corbeille. Le mousse y pose doucement la chatte qui se couche presque tout de suite et le regarde comme pour lui demander ce qu'elle doit faire. Il la caresse et lui parle doucement. Dès qu'il a réussi à lui faire absorber le petit comprimé que le bosco vient de lui donner, il s'éloigne de deux pas. Le panier est par terre, dans un angle, et la chatte reste immobile, regard mi-clos.

— Elle va roupiller, dit le second. Elle s'en tirera, va. Et je t'assure qu'elle ne remettra pas de sitôt les pattes dans la cale.

Le mousse remercie. Puis, s'adossant à la console de navigation, il lève sa jambe droite repliée et enlève sa chaussure. Il grimace et pousse un petit gémissement.

— Mais qu'est-ce que t'as? demande Bernier.

— En la récupérant, j'ai foutu le pied dans cette vacherie. Ma semelle est percée.

— Tu pouvais pas l'dire plus tôt, tête de bois! lance le bosco.

Le mousse lève vers lui son beau regard sombre. Il sourit.

— Non, vous m'auriez soigné avant elle.

— Des cons comme toi, grogne le bosco qui dissimule mal son émotion, faut sûrement aller en Toscane pour en trouver. Dans ce foutu bled, y a plus de chats que de coups à boire! Et pourtant, le vin y est sacrément bon et pas hors de prix.

8.

Ils ont soigné le pied droit du mousse. Le bosco tenait pour la feuille de chou écrasée, le commandant pour le Mercurochrome et la pommade. Comme c'est lui qui, en l'absence d'un médecin à bord, est responsable de la santé de l'équipage, c'est la thérapeutique classique qui l'a emporté. Bernier a consulté le *Guide médical de bord* et se limite aux instructions de cet ouvrage spécialement destiné aux navires de la marine marchande sans médecin. Le bosco a tout de même insisté :

— Demain, on verra le résultat sur la bête. Et toi, tu laisseras tomber ton chimique.

Poilard qui se trouvait là et qui connaît le maître d'équipage depuis plus de trente ans a lancé, perfide :

— T'as raison, l'chimique, c'est ce qui nous tue. T'aurais dû y penser quand t'as signé pour embarquer.

Il y a eu quelques rires, mais des rires jaunes. Car le pied du garçon n'était pas beau.

Ce matin, il ne peut pas se lever. Il a la jambe enflée jusqu'au genou et des ganglions dans l'aine. Sa plaie très rouge laisse suinter une eau visqueuse qui n'est pas vraiment du pus.

— C'est ta pommade, fait le bosco. On va regarder la chatte.

— Vous pouvez pas, intervient le mousse en se soulevant sur un coude. Y a que moi.

— Reste tranquille. On va l'amener ici.

Le cuisinier grimpe chercher le panier où la chatte grise est encore à demi assommée par le somnifère. Dès qu'elle sent la main de son maître et reconnaît sa voix, elle miaule et fait un effort pour se lever. Il la caresse, lui parle à mi-voix, en toscan.

Ils parviennent à couper les pansements.

— Ça fouette, grogne le bosco.

— C'est ton chou.

Les quatre pattes sont dans le même état. Très enflées, rouges et ruisselantes.

— Elle est bien plus mal que moi, dit le mousse. Faudrait un docteur.

Le commandant, qui vient d'examiner de près les brûlures, se redresse.

Tandis qu'il sort, le bosco part dans un grand discours sur les vertus du chou et de bien d'autres plantes que son père cultivait.

La mer se creuse de plus en plus. On perçoit très bien le battement moins régulier de la machine qui peine à certains moments. Le second a dû changer légèrement de cap pour commencer à épauler la vague. Le commandant revient et lance au bosco :

— Va faire revérifier le saisissage. Doit y avoir des putains de fûts qui se sont encore crevés. Bottes, masque, suroît, les gants et tout, hein. Pas envie de remplir l'infirmerie.

— T'as eu l'toubib du Centre radio médical ?

— Un Espagnol. Y demande la nature du produit. On essaie d'en avoir un à Brest... Quand y sera revenu à son bureau, j'interrogerai ce salaud de Frattori pour savoir ce qu'on transporte.

Le maître d'équipage quitte la petite pièce où trois couchettes sont inoccupées. Sur la quatrième, le mousse se tient recroquevillé, serrant contre lui sa chatte à moitié endormie. Il souffle :

— On a mal.

— J'vais te donner un calmant. Dès que j'aurai pu avoir Lausanne, on saura quoi faire exactement.

Le blessé se soulève sur un coude. Son visage est très rouge. La sueur ruisselle. Il s'essuie les yeux avec une serviette propre que le cuisinier vient de lui donner. Son regard s'accroche à celui de Bernier.

— Commandant, si y sait pas, j'veux pas qu'on essaie tout un tas de trucs sur Caraïbe. Faut pas la faire souffrir. J'aime mieux qu'on me laisse comme ça. Ça guérira. Les brûlures, je connais. C'est une question de temps, dit ma mère. Ça passe toujours.

Le commandant lui pose la main sur les cheveux et lui tend un verre.

— Bois ça.

— A midi, promet Prince Eric, j'te ferai des raviolis.

— J'ai pas faim.

— Faut que je monte, dit Bernier. Je vais t'envoyer quelqu'un.

Le mousse lui saisit le poignet et sa longue main brune qui tremble un peu s'accroche.

— Vous me jurez, commandant, que vous ferez pas de mal à ma chatte ?

— Promis. On fera des essais sur toi. Et si ça marche, on la soignera. Allez. Dors un peu. Ça t'aidera à guérir !

Puis, se tournant vers le cuisinier dont le visage semble plus bouleversé que celui du mousse, il ajoute :

— Reste là jusqu'à ce que j'envoie quelqu'un. Puis t'iras faire tes pâtes. Pour une fois, c'est moi qui en demande. On verra bien si t'es foutu de cuire des nouilles par une mer pareille.

9.

Six heures du soir. Mer un peu moins forte mais des fûts ont éclaté et, même panneaux clos, la cale laisse échapper une puanteur qui vous prend à la gorge. Certaines embardées du navire le mettent vent debout. L'odeur entre alors dans toutes les pièces du château arrière et il faut se boucher le nez. Les yeux sont rouges.

Le mousse s'est réveillé deux fois. On a en vain tenté de lui donner à manger, tout l'écœure. On vient de lui administrer un autre somnifère. Sa jambe est de plus en plus enflée. Trois médecins joints par radio ont formulé des avis différents. Frattori n'est pas revenu à son bureau et sa secrétaire ne sait rien sur la nature de la cargaison. Elle se borne à répéter qu'elle est désolée mais que les fûts sont de provenances trop nombreuses pour qu'on puisse effectuer des recherches sérieuses.

— Fumier! grogne le commandant qui vient de quitter le compartiment radio et entre dans le bureau du bosco. Je suis sûr qu'il est chez lui. Y veut rien dire. Il le savait que ses tonneaux sont pourris. Ce mec nous a envoyés à la mort.

Les gros yeux du maître d'équipage vont lui jaillir des orbites. C'est l'effet du poison car il vient de descendre avec ses hommes, c'est aussi l'effet de la colère. D'une voix sourde, il rétorque :

— Grand-Mât, tu m'as jamais vu faire une promesse et pas la tenir. J'te jure sur la mémoire de mon vieux que si j'en réchappe, j'irai régler son compte à cette fripouille. Je le jure ! Croix de bois, croix de fer et croix de merde si tu veux !

Ils parlent encore de Frattori et du changayeur marseillais qui recrute pour son compte. Ils sont interrompus par l'arrivée d'Auguste Poilard.

— J'étais près du petit. J'ai remonté sa chatte, elle gueule en arrachant son fourbi. Faut faire quelque chose.

Quand ils arrivent dans le salon des officiers, deux hommes y sont qui tiennent la bête à grand-peine sur un fauteuil. Ils ont enfilé d'énormes gants de travail. La chatte griffe et mord. Ses quatre pattes qu'ils ont dénudées sont une plaie à vif.

— On dirait qu'on voit l'os.
— Pauvre bête.
— Qu'est-ce qu'on fait ?

Le commandant et le maître d'équipage se regardent.

— Faut la calmer, dit un des matelots. On peut plus tenir.

— Si elle nous échappe, gare la casse, fait l'autre.

Tous deux sont italiens et amis du mousse. Antonio Reni est une force de la nature, mais on voit qu'il bande vraiment les muscles de ses énormes bras pour tenir ce petit animal qui écume.

— Faut la piquer, dit le commandant. Elle risque de devenir enragée.
— Vous avez raison, dit Reni, c'est plus humain.
— Qu'est-ce que je prends ? demande le bosco.
— Regarde ce qu'on a pour les anesthésies.
— Vite ! Vite ! lance Reni.

Les deux marins sont couverts de sueur. Comme ils ne peuvent pas relâcher leur prise, ils font des contorsions pour tenter d'essuyer avec leurs épaules la sueur qui leur brûle les yeux. Bernier prend des serviettes en papier derrière le petit bar et vient les essuyer.

— Merci, commandant.

Reni essaie de plaisanter :

— Celui qui m'aurait dit qu'un breveté me torcherait la couenne !

Son camarade qui comprend mal le français lance des regards étonnés.

Le bosco revient suivi du cuisinier tout près de rendre l'âme et qui, le souffle court, balbutie :

— Pouvez pas faire ça. Pouvez pas lui tuer sa chatte. Pauvre gars... pauvre petit gars.

Le maître d'équipage prépare sa seringue et lance sans se tourner vers lui :

— Tu tâcheras de boucler ta grande gueule, toi. On lui dira quand y sera remis !

La seringue prête, il la tend à Bernier qui dit :

— J'suis pas sûr de savoir mieux que toi.

En un échange de regards de quelques instants semble passer tout un dialogue. Le bosco tient toujours la seringue, l'aiguille en l'air, le pouce prêt à agir. Il serre ses grosses lèvres, hoche très légèrement la tête et demande :

Caraïbe

— A ton avis, où y faut piquer ?
— Où tu pourras ; c'est déjà pas facile.
— Ma mine... ma mine... ça va être fini.

Le bosco continue de parler tout en mettant un genou à terre devant le fauteuil.

— Tenez-lui bien les pattes.

Le cuisinier se retourne et prend son visage à deux mains. Puis, ses paumes vont appuyer fort sur ses oreilles au moment où Caraïbe pousse un hurlement d'enfant qu'on égorge.

Le maître d'équipage grogne :

— Bon Dieu ! J'suis un vrai manche.
— Non, souffle Reni, c'est elle qui remue trop.

En quelques secondes, la chatte se détend. Le silence se fait. Le bosco se redresse. La sueur coule au fil de son énorme nez. Les matelots desserrent lentement leur étreinte. Le petit corps gris s'est affaissé. Seul le mouvement de la houle qui le fait aller légèrement sur le fauteuil lui donne encore un semblant de vie.

Bernier tend une poignée de serviettes en papier. Le maître d'équipage en prend une pour y déposer sa seringue.

— C'est pas pour ça, godiche, c'est pour t'éponger la tronche.

Ils ont un petit coup de rire nerveux et sec qu'ils ravalent tout de suite, aussi vite qu'on vide un verre d'alcool très fort pour se remettre le cœur en place.

— Vous l'ensevelirez dans un sac lesté pour la balancer, ordonne le commandant.

Il va jusqu'à la porte puis se retourne, l'œil dur pour cacher son émotion :

— Et surtout, je compte sur vous. Pas un mot au petit pour le moment. Si y demande où elle est, vous dites qu'on l'a remontée dans la timonerie parce qu'on ne peut la laisser seule nulle part tant qu'elle est dans cet état.

10.

C'est le milieu de la nuit. La mer continue de s'apaiser lentement. Bernier, le second radio et un matelot grec qui ne parle pas français viennent de relever, sur la passerelle, le second, le maître d'équipage, Reni et l'officier radio. Tous sont descendus, sauf le bosco qui est allé s'accouder à la rambarde de l'aileron, à bâbord. Face à l'avant, il est à peine éclairé par la lueur rouge du feu de position. La fumée de sa cigarette forme un remous devant son visage puis file derrière et disparaît.

Le commandant consulte les cadrans lumineux et vérifie le cap. En anglais, il le confirme à l'homme de barre, puis il va s'asseoir sur un haut tabouret, le dos contre l'avant de la console. Un long moment passe. Lentement, le maître d'équipage rentre, refermant la porte derrière lui. Le radio est dans son local.

— Tu vas pas te coucher ? demande Bernier.

Sans répondre, le bosco vient s'adosser à la console, à deux pas de lui. Il laisse aller son regard vers la proue avant de soupirer :

Cargo pour l'enfer

— Bon Dieu, des fois, on en a bavé. Mais tout de même, la passerelle la nuit, j'ai toujours aimé ça... Y a rien qui remplace... Rien.
Il laisse encore filer quelques longues secondes. Puis, se tournant vers Bernier, il ajoute d'une voix à peine audible :
— Seulement, là...
Et ce mot reste en l'air. Sans se tourner vers lui, d'une voix où perce l'ironie, Bernier demande :
— Qu'est-ce que tu entends par « là » ?
Sans se tourner vers lui non plus, le bosco hausse ses lourdes épaules rondes puis laisse de nouveau son large dos se voûter avant de lancer :
— Tu sais de quoi on a l'air, tous les deux ?
— Non.
— De faire du cinoche.
Cette fois, le commandant se tourne de trois quarts.
— Du cinoche ? Je vois pas très bien.
— C'est que t'es pas observateur. T'as jamais remarqué, dans les mauvais films, t'as deux mecs qui se parlent sans se regarder. Même que ça se passe presque toujours devant des fenêtres. C'est vrai, t'as pas remarqué ?
— Ça ne m'a jamais frappé.
— C'est pourtant la vérité. Seulement, leurs fenêtres, elles donnent plutôt sur des gratte-ciel que sur la pleine mer.
Après un temps, comme s'il prononçait une phrase très importante, Bernier déclare :
— Dans ce cas, c'est loin d'être la même chose.
En anglais, l'homme de barre lance :
— Sur l'horizon, fusée blanche tribord avant.

— Je l'ai vue, dit Bernier qui se lève pour aller prendre les jumelles.

Il sort sur l'aileron, observe un moment. Des fusées continuent de monter. Il rentre en disant :

— C'est un bateau de croisière, y doivent fêter quelque chose.

Le bosco ricane :

— Y a p't-être bien notre ami Frattori à bord. Y répond plus à Lausanne, tu vois pas ça, qu'on l'demande ici et qu'il y soit, la gueule qu'y tirerait quand on l'inviterait à visiter la cale !

— Mon pauvre vieux, les miracles, c'est plus de notre époque.

Comme le commandant se tait, après un moment, le bosco se plante devant lui, il le fixe dans cette pénombre de la timonerie où la lueur du ciel étoilé vient se mêler à celle qui irradie des cadrans dont les uns sont fluorescents et les autres éclairés par de minuscules ampoules. Il a l'air de le soupeser du regard. Enfin, il se décide :

— Alors, ça fait des jours que tu veux m'engueuler. Vas-y ! C'est pas sain d'se garder comme ça une tartine de rogne sur le cœur. Tu finiras par t'empoisonner le sang.

Bernier fait aller sa tête de gauche à droite avant de répondre :

— Je ne suis pas en rogne contre toi, mon pauvre vieux. T'es embarqué sur la même galère pourrie que moi. J'suis en rogne contre les salauds qui nous ont foutus dans ce pétrin. Et puis, je suis en rogne contre moi qui ai été assez con pour marcher. Et faut bien dire que c'est rien d'autre que le pognon qui pourrit tout. C'est l'pognon qui leur fait faire ce trafic. Et c'est encore le pognon qui nous a poussés à signer avec eux.

— Tu vois, le changayeur de Marseille, j'suis certain que c'est pas un vicieux. Bon, il est comme tous les autres. Mais j'pense pas qu'il savait exactement ce qu'on allait faire.

Bernier a repris les jumelles et regarde un moment avant de les reposer pour préciser :

— Y a deux bateaux. Ils se répondent à coups de fusées. Tu sais qu'il en passe, de l'oseille, sur des machins pareils !

— Tu vois, fait le bosco, le fric, toujours le fric.

Puis, s'étant de nouveau approché de Bernier demeuré près de la porte qui donne sur l'aileron bâbord, il ajoute :

— On est comme les autres, mon vieux, y a rien à dire. Pourriture pour pourriture...

— Eh bien moi, j' peux te dire une chose : quand on était au restaurant, avec Frattori et cette grande pédale de Marquis qu'est toujours flanqué de son joueur de foot amerloque pour lui servir de garde du corps et probablement d'autre chose au pucier, y a un moment où j'ai eu envie de leur balancer leur chèque et leur contrat à travers la gueule...

— Oui. Je sais, interrompt le maître d'équipage dont le visage s'est durci. Je sais à quel moment.

— Dis voir ?

— C'est quand il a raconté que pendant l'Occupation son père était pote avec je sais plus qui d'la bande à Hitler.

— Moi j'sais bien de qui y parlait. Son père était

architecte. Il était l'ami d'Arno Breker, le sculpteur qui avait fait les guignols devant le pavillon des nazis à l'Expo, avant guerre. T'as sûrement vu des photos. Et l'autre, c'était Speer, l'architecte d'Hitler. Prétendre que les Parisiens en ont pas bavé pendant l'Occupation, tu parles, avec des Fritz à leur table tous les soirs, y devaient se priver de rien, ces salauds. J'ai eu envie de lui balancer son pognon par la gueule. Je me demande tous les jours pourquoi je l'ai pas fait. C'est de ça que je suis puni.

Le bosco achève de rouler une cigarette. Avant de l'allumer à ce gros briquet de son père qui ne le quitte jamais, il se met à rire. Son ventre rond tressaute. Sa langue s'excite et promène le long de ses lèvres la cigarette déjà mouillée jusqu'au milieu.

— Ah! Tu sais pas. Ben moi, je vais te le dire. Parce que moi aussi, j'ai eu la même envie. Et si je l'ai pas fait, c'est pour les mêmes raisons que toi : c'est l'confort.

— Le confort?

— Souviens-toi. On était vachement peinards dans ce restaurant suisse. Filets de perche, bon pinard, des barreaux de chaise de chez Castro avec le cognac trois étoiles. T'as fait comme moi, mon Grand-Mât. Tu t'es laissé bercer. Tu t'es dis : si j'leur balance leur oseille par la gueule, ça fout tout par terre... le charme rompu, quoi !

Le commandant soupire. Dans le silence qui suit, on dirait que même la machine s'endort, à la manière d'un cœur fatigué de battre.

Soudain, comme s'il sortait d'un rêve, le bosco se secoue. S'approchant de Bernier, il parle plus bas :

— Le pognon qu'on a laissé dans leur banque. Bon, t'as la signature sur mon compte. Si j'claque avant toi, tu vas le retirer. Moitié pour toi, moitié pour le petit.

— Le petit?

— Oui, le mousse. Je le connais pas depuis longtemps, mais y m'botte, ce gars-là. Y bosse pour sa mère qui est presque impotente. Moi, tu l'sais, j'ai personne. J'ai eu deux souris dans ma putain d'vie. Deux peaux de vache qui auraient voulu me sevrer. Tu parles!... Ce gars, c'est un bon petit... Le pauvre, quand y va savoir, pour sa chatte.

— Son pied m'inquiète. Il était pas beau, ce soir.

— C'est un gars qui est sain. T'en fais pas, y s'en sortira très bien. Et dès qu'on débarque, je me démerde pour lui trouver une autre chatte grise. J'sais où y en a. Et des belles!

11.

Le commandant du *Gabbiano* a mis deux jours pour obtenir que Frattori réponde à son appel. Et l'Italien se lance dans des discours.

— C'est que j'ai des problèmes, comandante ! Ne croyez pas que je ne m'occupe pas de vous. J'ai passé plus de trente coups de téléphone pour savoir ce qu'il y a dans ces tonneaux. Il en vient de partout, vous comprenez. Et tout le monde il s'en fout...

— Moi je ne m'en fous pas, monsieur Frattori. J'ai ici un garçon qui ne va pas bien du tout. La chatte, on a été obligés de la tuer...

— Ma, comandante, on ne va pas s'en faire pour des chats ! Des chats, il y en...

— Oui, mais le mousse, c'est la même brûlure. Trouvez ce que c'est, voyez un bon médecin et qu'il vous dise ce que je dois faire. Dans trois jours, on arrive. S'il faut un médicament spécifique, démerdez-vous pour qu'il soit au port à notre arrivée. A la capitainerie du port, vous entendez !

— Justement, avec l'Afrique...

— Coupé ! Merde !

Bernier se tourne vers l'officier radio. Il fait sombre dans la cabine des transmissions dont les rideaux verts ont été tirés pour atténuer la réverbération.

— Bon Dieu ! D'habitude, avec le satellite, ça fonctionne mieux que ça !

Le radio manipule ses manettes. Lance des appels et tente de rétablir la communication. Il parle successivement à des Anglais et à des Espagnols, mais ne parvient pas à atteindre Frattori.

— C'est pas le satellite qui déconne, commandant, ça vient de chez eux. C'est à l'émission qu'il y a des problèmes.

Bernier se plante à côté de lui et ordonne :

— Regarde-moi !

Le grand Italien tourne vers lui son visage brun. Il enlève son casque et se lève pour lui faire face. Le front du commandant se plisse et son regard plonge dans les yeux sombres du jeune homme.

— Massimo, c'est ton cousin, ce Frattori ?

— Oui commandant. Sa mère est la sœur de ma mère.

— Dis-moi la vérité, Massimo. Est-ce que la communication ne passe pas ou si c'est lui qui coupe ?

Le regard du radio reste droit. Pas le moindre cillement.

— Honnêtement, commandant, je ne crois pas qu'il coupe. Ça ressemble plus à un problème technique à l'émetteur.

— C'est bon, essaie d'avoir Lagos. On va se démerder directement avec les autorités. Mais débarquer le gamin dans ce patelin, j'aimerais mieux pas.

Caraïbe

Faudrait qu'on ait un toubib pas trop manche à l'arrivée, et qu'il puisse nous procurer de quoi le soigner.

Le commandant quitte la cabine des transmissions pour gagner la passerelle de navigation. L'océan s'est creusé de nouveau, le *Gabbiano* tangue très fort et commence à rouler un peu. Le second, toujours calme et qui semble à peu près insensible à la chaleur, se tient sur le seuil de la porte donnant accès à l'aileron tribord. D'une voix posée, en anglais, il donne des indications à l'homme de barre pour qu'il épaule la vague au plus serré.

— Vous, alors, vous craignez pas la chaleur, lui lance Bernier.

Le second rentre et décroche la porte qu'il ferme doucement.

— Je n'ai pas votre expérience, commandant, des fois j'ai besoin de sentir la mer.

Le ciel est de plomb. Une chape presque uniforme dont la base pose sur une barre d'argent d'où ne sort aucun reflet. Pas une once de clarté sur l'océan plus sombre encore que le ciel. C'est seulement lorsqu'elles approchent de la proue que les lames s'éclairent d'une lueur qui semble venir des profondeurs. Le cargo plonge, son étrave claque contre la masse d'eau qu'elle ouvre en lui arrachant des gerbes d'écume.

— Vous avez fait vérifier le saisissage ?

— Le bosco est descendu avec un homme. Ils viennent de remonter. Ils sont à l'infirmerie. J'ai demandé à Prince Eric de leur mettre des gouttes dans les yeux. Nous avons des larmes artificielles. Ça lave très bien. Mais il n'en reste que trois flacons et ils sont minuscules.

— Il faudra...

La porte du local des transmissions vient de s'ouvrir. Le radio arrive, une feuille de papier à la main. Son visage et surtout son regard n'annoncent rien qui vaille.

Du geste, le commandant lui intime l'ordre de rentrer dans cette cabine étroite et encombrée d'appareils qui est son domaine. Il a ouvert les rideaux et le jour gris coule sur le métal des consoles où luisent les lumières des cadrans et de minuscules ampoules de couleur.

Bernier lit le message que le radio vient de lui tendre, puis, levant les yeux vers lui :

— Si je comprends bien, on ne va plus à Lagos ?

— C'est ce que m'ont dit les autorités du port.

— Et ton cher cousin, qu'est-ce qu'il dit ?

— Je vais encore essayer d'appeler.

Bernier regagne la passerelle. Pour le moment, il ne modifie rien à sa route. Il se borne à lire quelques indications sur les appareils de navigation. Il en a à peine fait le tour que le radio l'appelle. Il le rejoint et referme derrière lui :

— Frattori ?

Il n'a pas dit : monsieur. L'autre cherche tout de suite à se lancer dans un discours :

— Ma, comandante, ces nègres sont fous. Ils signent un contrat de trois ans pour 100 000 tonnes de déchets par an, et à présent ils refusent. Ils ne sont plus d'accord entre eux, ils viennent de fusiller deux ministres...

— Je m'en fous ! hurle Bernier. Les ministres, on peut tous les occire, ça me fera pas pleurer. Mais moi, qu'est-ce que je fais ?

— Comandante. Je suis en train de négocier avec un autre État africain, avant demain midi heure d'ici ce sera fait.

— Mais le mousse, bordel ! Vous avez eu un toubib ?

— On est en train de voir le problème. On recherche de quel fût ça peut venir. D'ici deux heures on sera fixés.

— J'ai des hommes qui souffrent des yeux.

— On s'en occupe, comandante ! Je vous promets. J'ai interrogé un grand ophtalmo.

— Quel cap, à présent ?

— Le même pour le moment. Dites aux hommes que ces fûts crevés n'étaient pas prévus. J'augmenterai la prime. Très sérieuse augmentation.

Rageur, le commandant coupe la communication en grognant :

— Pour lui, le pognon, ça règle tout ! Absolument tout !... même la souffrance des hommes !

Massimo Castri le regarde, l'air grave. Presque douloureux. Le second radio qui vient d'entrer dans la cabine hésite avant de refermer la porte. Bernier lui fait signe de le faire.

— Pour le moment, comme on ne change pas de cap, personne n'a à savoir ce qui se passe. Pas la peine de foutre le bordel à bord.

Il sort. La marche est de plus en plus malaisée sur le plancher secoué fortement. Au moment où il regagne la timonerie, c'est pour entendre le second dire de sa voix toujours calme, mais un peu plus fort que d'habitude :

— Bon, voilà le chalburn qui ne fonctionne plus.

Bernier soupire profondément, attend encore quelques instants puis, comme le second lui confirme la panne de l'appareil qui sert à donner des ordres aux gens de la machine, il décroche le téléphone et appelle le chef mécanicien.

12.

Le chalburn a été assez vite réparé, mais la santé du mousse inquiète de plus en plus. Le bosco et trois marins sont atteints d'une forme de conjonctivite qui n'est soulagée par aucun des collyres, aucune des pommades ophtalmiques que contient la pharmacie du bord. Le commandant s'est plongé dans le dictionnaire de médecine et dans un ouvrage en anglais, très compliqué. Rien ne semble évident.

Ce matin, le cuisinier, qui n'est pourtant pas descendu dans la cale, avait de grosses difficultés à respirer. Sa poitrine étroite où l'on compte aisément les côtes est couverte de milliers de points rouges minuscules.

— Te gratte pas, recommande le commandant qui vient de l'enduire d'une pommade calmante.

Le bosco essaie de plaisanter :

— Tu bouffes tellement. C'est le trop-plein de graisse qui déborde. Tu me l'garderas pour cirer mes pompes de sortie.

L'odeur âcre, qui soulève le cœur, pénètre peu à peu jusque dans la chambre des machines. Le chef mécanicien enrage contre la ventilation défectueuse :

— On peut rien faire. Les gaines sont pourries. Ça fuit de partout.

Bernier s'efforce de veiller à tout. Le bosco, dont les gros yeux ont l'air de vouloir jaillir d'entre ses paupières rouges et gonflées, essaie d'entretenir le moral des matelots. Certains commencent à dire qu'ils ne veulent pas laisser leur peau sur ce bateau.

A deux heures de l'après-midi, le radio entre dans la salle à manger des officiers où le commandant, le chef mécanicien et le bosco viennent d'achever leur repas. Il tend un message et, le dos à la porte dont il tient ferme la poignée, il attend.

Bernier lit à haute voix :

— Mettez le cap sur Dakar, précisions demain à l'aube. Bonne route. Giovanni Frattori.

Tous se regardent. L'officier radio est debout. Son long corps souple ondule sur ses jambes qui fléchissent pour accompagner les mouvements du bateau. Bernier, qui est resté assis, lève les yeux vers lui :

— C'est tout ?

— C'est tout, commandant. C'est sa secrétaire qui m'a dicté ça. Lui est à Marseille où il signe le contrat.

— Avec le Sénégal ?

L'Italien fait oui de la tête.

— Tu peux aller, dit Bernier. Et dès que tu sais où on débarque, demande la direction du port pour qu'ils te trouvent un toubib. Je lui parlerai.

Le radio sort et referme la porte. Durant un long moment on n'entend plus que les coups sourds des paquets de mer et le battement irrégulier des diesels qui s'affolent quand l'hélice tourne dans le vide. Les officiers se regardent tous les trois comme si aucun d'entre eux n'osait rompre le silence. Combattant le jour triste qui coule par la fenêtre, la lueur du poste à cassettes éclaire jusqu'au rebord de la table. Le chef mécanicien a coupé le son quand le radio est entré, mais le film continue de se dérouler et Sophia Loren articule des mots en silence. Le chef se lève de nouveau pour éteindre, puis, reprenant sa place, il observe :

— Le Sénégal. Ça devrait être sérieux.

— En tout cas, y doit y avoir des médecins valables, dit le bosco.

— A condition que ce ne soit pas encore un contrat bidon.

Bernier se lève en soupirant :

— C'est bon, je vais changer de route.

Les deux autres sortent derrière lui. Le chef mécanicien disparaît tout de suite dans la coursive tandis que le bosco annonce :

— Je passe voir le mousse.

Bernier monte et donne les instructions au second pour le changement de route. Puis, il rejoint l'officier radio dans la cabine des transmissions. Le mouvement du cargo se modifie et la gîte augmente. Ils vont aller un moment avec un fort vent de travers qui les prend par tribord de plein fouet.

— J'ai déjà parlé aux Sénégalais, déclare Massimo Castri. Très sympathiques, ces gens-là. Ils feront tout pour nous aider. Mais rien ne peut être décidé pour la question du docteur tant qu'on ne sait pas où on va exactement et quand on pense y être.

Il se retourne vers sa console, écoute quelques instants puis, regardant de nouveau Bernier :

— J'avais appelé leur météo. On va tomber en plein harmattan. Moins d'un demi-mille de visibilité.

— Avec leurs saloperies de pirogues où y a pas un gramme de métal, on voit rien sur les écrans. C'est pas le moment d'en couper une en deux.

A l'instant où il sort de la cabine radio, le bosco entre dans la timonerie.

— Le petit, ça va pas du tout. Y commence à déconner. Y parle à une nommée Gabriella.

Le commandant ne répond pas. Son regard va vers l'horizon. Les lames sont moins hautes mais le ciel reste toujours aussi chargé. La clarté qui file sur l'océan derrière eux est une lame de cuivre très mince. Devant, c'est déjà l'approche de l'ombre.

Bernier vérifie les cadrans et s'adresse au second :

— Je vous laisse un moment. Je vais voir le petit. Au milieu de la nuit on devrait atteindre la zone de l'harmattan. Faudra qu'on soit là tous les deux.

Il suit le bosco dans l'escalier de fer qui sonne sous le pas. En bas, un matelot grec est en train d'astiquer les cuivres. Il s'efface pour les laisser passer et demande, en anglais :

— Comment y va ?

— Je vais voir, fait le commandant. Et toi, tes yeux ?

— Ça brûle fort. Les gouttes donnent rien.

— T'inquiète pas, demain on aura un bon docteur et des médicaments plus efficaces.

Le garçon qui est jeune a un beau visage encadré de cheveux noirs. Il fait oui de la tête, l'air résigné, et le maître d'équipage lui lance :

— T'inquiète pas, tu la reverras ta bonne amie !
— Bonne amie, j'en ai pas, réplique l'autre fièrement, j'ai une femme. Et elle attend un garçon.
— Comment tu sais que c'en est un ?
— C'est ça que je veux, elle me le donnera !

Ils entrent dans l'infirmerie noyée de pénombre où le cuisinier est assis à côté du lit occupé par le mousse.

— Alors ?
— Y dort.

Doucement, le commandant prend le poignet du garçon et le bosco dit :

— Tout à l'heure, il avait 39,8°. Je crois qu'il faudrait lui donner des antibiotiques.
— Oui, mais quoi ?
— Peu importe. Faut que ça fasse tomber la fièvre.
— C'est pas une fièvre due à des microbes. Du moins, je ne le pense pas. Ce serait plutôt la brûlure.
— On sait pas. Y peut y avoir les deux. La brûlure infectée, c'est bien des microbes.

Le cuisinier explique :

— Faudrait surtout qu'y boive beaucoup, mais y veut pas. J'ai beau le forcer. C'est pas facile.

Le visage du mousse est écarlate. Ses paupières sont gonflées comme s'il avait reçu des coups. Son souffle rauque fait vibrer ses lèvres. La sueur ruisselle sur son visage. Son maillot de corps est trempé. La taie d'oreiller aussi.

— Faut lui changer tout ça, ordonne le commandant. Sinon, avec la climatisation, y va prendre la crève.
— La crève, soupire le cuisinier en se levant, je crois bien qu'il l'a... On va tous l'avoir.

— Tais-toi donc, tu ne t'es pas brûlé, toi !

Bernier a parlé fort et le mousse ouvre péniblement ses paupières sur ses yeux très rouges. Tout en aidant le bosco à le déshabiller pour le changer de couchette, le cuisinier grogne :

— Pas brûlé le pied. Mais on va tous se brûler l'intérieur.

— Boucle-la ! lance Bernier. Je me charge de faire taire les semeurs de merde !

DEUXIÈME PARTIE

Les côtes d'Afrique

« *Ce que les hommes appellent civilisation, c'est l'état actuel des mœurs et ce qu'ils appellent barbarie, ce sont les états antérieurs. Les mœurs présentes, on les appellera barbares quand elles seront des mœurs passées.* »

Anatole FRANCE

13.

Le *Gabbiano* est en plein harmattan. Ce vent violent qui vient de l'est varlope les vastes étendues désertiques où il se charge de sable et de poussière. C'est un vent blond, ou roux selon ce qu'il laisse filtrer de soleil. Un souffle brûlant qui va parfois, sur l'océan, très loin des rivages. C'est le désert de sable à l'assaut du désert d'eau salée. Dans ce brouillard de feu, il faut réduire la vitesse. Renforcer la veille optique et la veille au radar. Effectuer les signaux réglementaires.

Le cargo avance lentement. Lentement. Le commandant se tient sur l'aileron tribord, le second à bâbord. Le maître d'équipage et deux matelots sont sur le gaillard d'avant. Ce vent leur pique la peau de mille aiguilles.

C'est le bosco qui signale la bouée. Sa voix grasseyante amplifiée par l'appareil de son résonne dans la timonerie :

— Bouée du *Tacoma* en vue par bâbord avant :
Bernier ordonne :
— La barre à zéro !
— La barre est à zéro.

— Stoppez !

Le cargo soudain habité d'un silence presque total continue sur son erre.

Les diesels tournant au ralenti sont comme le profond ronronnement d'un animal endormi. La porte du local des transmissions s'ouvre. Le second radio paraît qui lance :

— Commandant, Massimo demande si vous pouvez venir une minute.

Bernier se tourne vers le second.

— Faites mettre l'équipage aux postes de manœuvre pour recevoir le pilote. Et prévoyez l'accostage. Tenez-vous en vue de la bouée.

Il va rejoindre l'officier radio.

— Alors ?

— Problème, commandant. J'ai un officier des douanes en ligne.

Il lui passe le combiné.

— Allô, ici le commandant du *Gabbiano*.

— Mes respects, commandant, ici le capitaine Gueye, officier des douanes. Le *Gabbiano* reste où il est. Le pilote n'ira qu'après que les agents des douanes auront reconnu la cargaison. De toute manière, ça n'est pas là que vous devez décharger, mais l'inspection se fait ici.

— Entendu, capitaine Gueye. Dans combien de temps, votre vedette ?

— Elle arrive.

— Merci.

C'est le douanier qui raccroche le premier. Bernier pose lentement le combiné et regarde Massimo Castri.

Les côtes d'Afrique

— Enfin, il était clair, son dernier message, à Frattori. Dakar, y en a pas trente-six !
Le bosco qui vient de les rejoindre demande :
— Encore un sac de nœuds ?
— La douane arrive.
— Tu parles, j'm'en gourais que leurs kilomètres de quais, c'était pas pour nos gueules. Vingt dieux, c'est pourtant une belle rade en eau profonde, ici. Et pas une once de houle. On allait être aux pommes. Et des toubibs, et même un hôpital qui doit pas être mal du tout.
Ils reviennent dans la timonerie pour entendre approcher le moteur de la vedette.
— Ma parole, ils étaient embusqués derrière la jetée à nous attendre. Jamais vu des douaniers arriver aussi vite ! grogne le maître d'équipage.
— T'inquiète pas, ils n'auront pas besoin de plonger dans la cale.
Le commandant quitte la timonerie et descend accueillir les douaniers.
Ils sont trois, en uniforme kaki impeccable, un brigadier et deux sous-brigadiers. Trois Noirs à peu près de la même taille. Après les saluts et poignées de main, Bernier tend au brigadier les papiers de la cargaison. Le fonctionnaire fait non de la main.
— Après la visite, commandant. Voulez-vous faire ouvrir les cales, s'il vous plaît ?
Le bosco lance un ordre. Le premier panneau se soulève. A peine a-t-il commencé de glisser qu'une odeur épouvantable monte de la cale. Officiers, matelots et douaniers ont un mouvement de recul. Tous se mettent à tousser en se frottant les yeux.

— Fermez ! Fermez ça ! crie le brigadier.
Le bosco hurle à son tour et la cale se referme.
Le vent d'est emporte assez vite vers le large ce nuage pestilentiel.
Le brigadier qui pleure à chaudes larmes s'essuie les yeux avec un grand mouchoir bleu et blanc. Il ne sait que répéter :
— La peste, commandant, la peste. C'est le diable que vous avez là-dedans !
— Non. Mais nous avons eu de la mer, quelques fûts qui étaient mal saisis ont roulé et se sont éventrés.
— Mais des fûts de quoi, commandant ?
— Produits chimiques.
— Produits très dangereux. C'est ce qu'on nous a signalé directement du ministère.
— Quel ministère ?
— Le ministère de la Santé.
Bernier invite les douaniers à l'accompagner dans son bureau. Le brigadier hésite et semble interroger ses hommes du regard. Finalement, ils le suivent.
Dans son bureau où il fait frais, on respire mieux.
— Café ?
— Café.
Bernier appelle le cuisinier, commande les cafés puis explique :
— Pourtant, j'ai eu le directeur de la compagnie en communication au début de la matinée, il m'a assuré que son correspondant ici a fait toutes les démarches nécessaires.
La grosse tête ronde du brigadier se fend d'un énorme rire d'une blancheur éclatante.
— Ecoutez, commandant, je ne sais pas si ce

monsieur correspondant va faire beaucoup de démarches, celle que je lui conseillerais dans l'immédiat, ce serait pour trouver un très bon avocat.

Son rire déclenche celui de ses deux hommes. Puis, il s'arrête net et fait signe aux autres de se taire. Ses énormes lèvres font une moue qui élargit encore son gros nez. Ses yeux immenses luisent, très clairs autour des prunelles noires.

— Oh pardonnez-moi, commandant. C'est pas très gentil de rigoler quand vous êtes dans l'embarras. Mais c'est vrai que ce gars-là est en prison depuis ce matin. C'est une fripouille, vous savez. Il en était sorti depuis peu de temps... c'était fatal qu'il y retourne un jour ou l'autre.

Bernier ne dit rien. Son dos s'est voûté. Le coude gauche posé sur son bureau, il laisser aller sa tête dans sa main et soupire :

— Bon Dieu, mais j'ai des malades à bord. Un surtout...

— Je sais. Un docteur va venir à la capitainerie, un très bon docteur qui a fait ses études à Paris.

Ils ont bu leur café mais ne semblent plus pressés de s'en aller. Le brigadier a l'air d'un homme qui veut parler et qui n'ose pas. Il se tortille sur son siège, lance au commandant et à ses hommes des regards qui font rouler ses gros yeux blancs dans sa face noire. Il tire de nouveau son mouchoir de sa poche et s'essuie le nez. Enfin, se levant, il ordonne à ses hommes :

— Allez devant. Vous dites que j'arrive. Il faut juste que je regarde les papiers.

Les douaniers sortent et Bernier va pour prendre le

dossier qu'il a posé tout à l'heure sur son bureau. Le brigadier l'arrête :

— Pas la peine, commandant. Je me doute bien que tout est en ordre. Je voulais juste vous dire... Enfin, c'est vos patrons que ça regarde. Mais tout de même, vous avez des malades. Je sais que ça n'est pas drôle de traîner une cargaison pareille... C'est arrivé, déjà, vous savez.

Il se tait, l'air embarrassé.

— Oui, fait Bernier, je suppose que je ne dois pas être le premier.

L'autre a un large sourire. Il lève ses grosses mains dont l'intérieur est tout rose. Il soupire :

— Oh ! que non. Ça, on peut dire que vous n'êtes pas le premier. Seulement, chez nous, ça ne peut plus marcher. Le trafic est fini. Mais l'océan, c'est grand. Et c'est profond... Il suffit d'avoir un certificat de déchargement en règle pour pouvoir rentrer chez vous.

Bernier serre les poings et les mâchoires. L'autre s'empresse d'ajouter :

— Bien entendu, c'est pas moi qui peux le délivrer.

— Et ça va chercher dans les combien ?

Le visage du Sénégalais hésite entre le sérieux et le rire, puis :

— Pour celui qui se ferait coincer à le délivrer, ça peut aller chercher quelques années de prison.

Comme il marque encore un temps, c'est Bernier qui achève sa phrase :

— C'est pourquoi ça vaut assez cher.

— Hé oui, commandant. Hé oui.

— Et qui est-ce qui décide ?

Les côtes d'Afrique

— Je peux poser la question.
— Posez toujours.
Le brigadier fait un pas vers la porte, puis s'arrête. Il se retourne à demi pour conseiller :
— Il faut aller assez loin au large... assez loin.
Bernier se contente de hocher la tête. Il regarde la porte se refermer. Ecoute décroître le pas du Sénégalais sur les tôles sonores et souffle :
— Putain de saloperie ! Le monde est pourri !

14.

Bernier commence par répéter ce qu'il a dit pour lui seul :
— Putain de saloperie ! Le monde est pourri !
Mais cette fois, il n'est plus seul dans son bureau. Le maître d'équipage et Massimo Castri sont là, debout face à lui qui se tient assis d'une fesse sur le bord de sa table de métal gris. Il les regarde durement puis, plus lentement, il répète :
— Putain de saloperie ! Le monde est pourri. Pourri jusqu'à la moelle. C'est pas possible !
Il marque un temps, se lève, fait deux pas et revient se planter devant le maître d'équipage qu'il empoigne par le devant de sa chemise comme s'il voulait le soulever de terre.
— C'est pas possible Evariste, dis-moi la vérité, vous vous connaissiez, tous les deux ? Vous étiez de mèche ?
Il a un bref mouvement de tête pour désigner l'officier radio.
Gravement, en le fixant de ses yeux rouges et larmoyants aux paupières gonflées, le bosco lance :

Les côtes d'Afrique

— Sur une barrique de pastis, je te jure que j'avais jamais entendu parler de cet ostrogoth.
— Et de son cousin non plus ?
— Sur une autre barrique, je te jure...
— Bordel ! On s'est tous fait entuber alors !

Il lâche la chemise du bosco dont le tissu bleu et mouillé reste froissé. Il fait demi-tour pour aller se laisser tomber dans son fauteuil de métal qui couine. Le bateau soulevé par une longue houle vire lentement sur son axe et la lumière tourne sur les visages.

— S'il y a un salaud à l'origine de ce coup, grogne le bosco, c'est le changayeur de Marseille qui aurait dû me rencarder. Mais, tonton, t'es pas plus con que moi. Tous, ici, sur ce rafiot pourri, on n'est pas plus cons que la moyenne. Equipage réduit et payé double, on sait que ça signifie naviguer en eau trouble. On nous a garanti ni drogues ni armes, seulement des produits toxiques mais pas interdits...

Le commandant l'interrompt. Comme s'il se refusait à aller plus avant sur ce terrain :

— Tu sais ce qu'il m'a proposé, leur singe des douanes ?

Le visage lourd et luisant d'Evariste s'éclaire d'un sourire. Le *Gabbiano* qui revient sur sa position plonge peu à peu sa face dans l'ombre.

— Un faux certificat de déchargement. Ni vu ni connu, tu balances la merde à la baille et tu vas refiler le papelard à Frattori qui règle ce qu'il nous doit... Classique !

Le visage carré du commandant s'est durci. Les muscles remuent sous la peau et son collier de barbe est habité de houle. Son poing se lève et cogne sur le bureau qui émet un bruit de vieille casserole.

— Jamais ! vous entendez ! Jamais. J'ai trop aimé la mer toute ma vie...

Sa voix s'étrangle. Tandis qu'il se racle la gorge, le bosco grogne :

— La mer, on l'aime pour ce qu'il y a au bout. Le reste, c'est des trucs pour les poètes...

— Tais-toi, Evariste, tu n'as pas le droit de dire ça. Tu flambes. T'aurais honte d'avouer que...

Le grésillement du téléphone l'interrompt. Il se hâte de décrocher.

— Oui... J'arrive !

Il raccroche et se lève :

— Incroyable, c'est une vedette armée qui nous amène leur toubib.

Ils sortent. Le radio remonte tout de suite à son poste et le commandant ordonne au maître d'équipage :

— Réunis les malades à l'infirmerie, je vous rejoins avec leur sorcier.

Le bosco s'éloigne en grommelant :

— J'suis p't'être con, mais mon métier, je l'connais !

Bernier se retourne le temps de lancer :

— Pour être con, c'est sûr que tu l'es, mais pas plus que moi, si ça peut te consoler !

En l'entendant, Evariste s'est arrêté. Il se retourne lui aussi et demeure immobile. Ils se tiennent à trois pas l'un de l'autre. On croirait qu'ils vont parler, ou avancer un peu pour se rejoindre. Non, ils demeurent ainsi et le seul mouvement de leurs deux corps plantés au milieu de la coursive est le balancement que leur imprime le jeu très lent de la houle qui soulève le *Gabbiano*. Leurs regards s'étreignent. Remuant à peine ses grosses lèvres, le maître d'équipage souffle le long de son mégot informe :

— Grand con !

Et il y a dans ces deux mots tout un flot de tendresse. Le commandant sourit et fait oui de la tête. Puis ils se tournent le dos et s'éloignent l'un de l'autre.

15.

Le médecin est un petit mulâtre replet qui doit avoir la cinquantaine. Il porte un costume beige très clair et tient à la main une mallette de beau cuir noir où sont plaqués un R et un P en cuivre un peu gros. Il est tout sourire mais sa poignée de main est flasque. Il se présente tout de suite d'une voix de tête très curieuse :
— Dr Pelançon. Je suis sénégalais mais mon père était français. J'ai fait mes études à Paris et à Montpellier. Enchanté de vous connaître commandant Bernier.
Bernier le précède pour le conduire à l'infirmerie. Quand ils entrent, cinq hommes sont là qui attendent, assis sur les couchettes ou debout contre la cloison. Le bosco se tient à côté du lit où est allongé le mousse. Le docteur pose sa mallette sur une tablette et s'approche du malade en disant :
— Très fiévreux. Très fiévreux, ce garçon... Montre-moi cette blessure.
Le bosco écarte le drap et le garçon dont le regard noir reflète une grande peur plie à demi son genou enflé. Son pied n'est qu'une plaie vive, rougeâtre, violacée et purulente.

Les côtes d'Afrique

— Pas beau du tout. Pas beau du tout.
Le petit homme se tourne vers Bernier. Ses mains potelées se soulèvent lentement.
— Il serait prudent de l'hospitaliser...
Le mousse l'interrompt. C'est à Bernier qu'il s'adresse, suppliant :
— Commandant, commandant, pas ici. Je vous jure : ça va aller mieux, je veux rentrer chez moi. Je veux pas rester là tout seul !
Le médecin lui parle en souriant :
— Moi, mon garçon, je donne une consultation. Je ne décide pas. C'est le commandant qui décide. Mais d'ailleurs, il faudrait l'autorisation des autorités... je ne sais pas...
Il se tourne de nouveau vers Bernier et reprend :
— Je ne sais pas quel accord vous avez...
Il s'interrompt pour regarder les autres membres de l'équipage.
— Voyons... voyons ces gaillards-là !
Il semble très enjoué. Il se hausse sur la pointe des pieds pour examiner les yeux d'un matelot grec qui ne comprend pas ses questions. Bernier traduit en anglais. Le docteur pique un rire très aigu. On dirait vraiment qu'il vient de faire une découverte extrêmement amusante :
— Ah, il parle anglais. Mais moi aussi. Moi aussi. Aujourd'hui, un médecin qui ne connaît pas l'anglais est un infirme. Il ne peut pas suivre les progrès de la science. Et j'aurais bien dû penser qu'un marin, il parle forcément l'anglais aussi. Vous voyez, la navigation et la médecine, c'est la même chose !

Le petit docteur rondouillard se démène. Il est obligé de faire asseoir ses patients pour les examiner car tous sont plus grands que lui. Il déclare :
— Conjonctivite. Dermatose. Difficultés respiratoires. Il y a certainement de la dioxine ou quelque chose comme ça dans votre cargaison, commandant. Il faut vous débarrasser de ça au plus vite.
Le téléphone grésille. Evariste décroche. Tout le monde se tait. Evariste se tourne vers le commandant.
— C'est le brigadier des douanes.
Le docteur a son petit rire haut perché.
— Vous allez avoir du nouveau, commandant !
Bernier ordonne :
— Fais patienter, je vais le prendre dans mon bureau. Tu me le passes.
Il sort et bondit vers l'escalier. Dès que la porte est refermée, le médecin s'adresse au bosco :
— Vous allez voir, ça va s'arranger. Quand chacun y met du sien, les pires situations finissent par se clarifier. Nous sommes des gens civilisés, vous savez.
Il a fini son examen et vient s'asseoir devant la petite table où il a posé sa belle trousse. Il range son stéthoscope et son tensiomètre. Il sort un bloc de feuilles à en-tête et dévisse son stylo.
— Dès que vous serez à quai, vous pourrez envoyer quelqu'un à la pharmacie. Je vais vous marquer ce qu'il faut...
La porte s'ouvre. Bernier entre. Il est pâle. Ses lèvres sont serrées et sa voix cingle.
— Un quart d'heure pour disparaître et quitter le plus vite possible les eaux territoriales.
Le docteur se lève, son stylo à la main.

Les côtes d'Afrique

— Mais, commandant, je croyais...
— Que j'allais foutre ma cargaison à la mer et leur balancer de l'oseille pour une fausse signature. Je leur ai dit qu'ils peuvent se le carrer dans le train leur certificat ! Si vous avez étudié en France, vous devez savoir ce que ça signifie. Filez vite, vous leur expliquerez !

Le médecin ne souffle mot. Il roule des yeux effrayés, se hâte de boucler sa trousse et de sortir. Bernier fait signe à un matelot de l'accompagner. On entend leurs pas, puis plus rien que le ronronnement sourd d'un générateur. Une longue minute passe, le bosco soupire :

— Eh ben, mon vieux !
— De toute manière, fait le commandant, pour ce qui est des soins, il a l'air d'en savoir à peu près autant que nous.

Il a parlé en anglais de manière à ce que tout le monde comprenne. Il y a un murmure d'approbation. Et le bon gros Parmakelis dit :

— Se laver les yeux, commandant, ma mère m'a appris à le faire quand j'avais trois ans. Tant qu'on a du thé pour le faire...

Ils parlent un moment entre eux de recettes pour les soins oculaires, puis le commandant s'adresse au bosco :

— Allez, chacun son poste.

Tandis que les hommes sortent, il se penche vers le mousse dont le visage est moins tendu.

— T'inquiète pas, on t'abandonnera pas chez les sauvages. On va rentrer en Italie. Te fais pas de souci. Comment te sens-tu ?

— Ça va, commandant. Ça va. C'est moi qui vous donne tout ce tracas.
— Tais-toi donc.
Bernier lui a pris la main. Comme il veut la lâcher, le gamin le retient, bien qu'il n'y ait plus personne, il parle bas comme s'il redoutait qu'on perce un secret :
— Le bosco, y va me trouver une chatte grise
Et son regard est plein de tendresse.

16.

Dès qu'il arrive sur la passerelle de navigation, le commandant Bernier lance :
— La barre à zéro.
C'est Antonio Reni qui est devant la console, une main sur le levier, le regard sur le cadran. Il porte des lunettes noires. Sa voix chaude très posée contraste avec le ton sec, le débit un peu nerveux du commandant.
— La barre est à zéro.
— Arrière toute.
— Arrière toute.
— La barre à droite dix.
— La barre est à droite dix.
Le cargo vire avec la bouée par tribord et fait face au large.
— La barre à zéro.
— La barre est à zéro.
— En avant toute !
Bernier se tourne vers le second. La manœuvre semble l'avoir calmé. Posément, il ordonne :
— Comme ça jusqu'à la limite de leurs eaux

territoriales. D'ici là, j'espère que j'aurai pu joindre Frattori.

Il laisse la place au grand Breton flegmatique et se dirige vers la cabine radio. Comme il pose la main sur la poignée de la porte, le second l'appelle :

— Commandant !

— Oui.

— Regardez à bâbord.

Bernier fait deux pas en avant. A quelques encablures, dans le brouillard de sable et de soleil, se dessine la silhouette d'une grosse vedette armée.

— La confiance règne, lance Bernier en portant son index à son front.

Il entre dans le local des transmissions où Massimo Castri, seul devant sa console, son casque sur les oreilles, lui tend un message qu'il lit très vite avant de le plier pour le glisser dans sa poche en recommandant :

— A conserver précieusement. Un jour, on peut avoir besoin de montrer comment ces gens nous traitent.

Le radio lui montre une petite bande magnétique qui tourne dans son logement.

— J'enregistre ce qu'ils se disent entre eux.

Il pose son casque et se lève.

— Pour le moment, ils parlent d'autre chose, mais tout à l'heure, ils parlaient de nous avec la capitainerie. On est la peste, ni plus ni moins. Une fois qu'on sera sortis de leur zone, ils ont ordre de nous surveiller et de nous empêcher d'y rentrer.

— Tu sais que ces vaches-là seraient capables de tirer à vue ! Essaie de m'avoir Frattori.

Les côtes d'Afrique

— C'est fait, commandant. Il est absent. J'ai eu sa secrétaire, elle nous appelle dès qu'il rentre.
— Non. Tout de suite. Appelle-moi cette souris helvète !

Le commandant va jeter un coup d'œil à la vedette qui les accompagne sans les lâcher d'un pouce. En raison de la mauvaise visibilité, le second a réduit la vitesse. A présent, le brouillard de sable est moins dense. On commence à monter en allure. Les moteurs grondent. Le *Gabbiano* vibre. La houle se creuse un peu plus.

— J'ai Lausanne, commandant.

Bernier bondit et, très dur, demande :

— Mademoiselle, passez-moi M. Frattori.
— Bonjour, commandant, je suis navrée, M. Frattori est absent. Il vous...
— Il est là ! Je le sais. Dites-lui que nous mettons le cap sur l'Italie. Aussitôt là-bas, je fonce chez lui. Et là, je vous jure qu'il y sera.
— Mais commandant, je...

Bernier coupe la communication. Quand il repose le récepteur, sa main tremble. Il hésite un instant puis, empoignant le téléphone intérieur, il appelle le chef mécanicien.

— Où en sommes-nous pour le fuel ?
— On est loin de naviguer à la boue, mais comme je sais pas où on va, je peux pas dire si on y arrivera.
— L'eau potable ?
— Ça va. On dessale à peu près ce qu'il nous faut.

Il va poser une autre question quand le radio l'appelle :

— Commandant ! Lausanne.

Il bondit.

— Allô commandant ?... Ici Frattori.

— Tout de même ! Je vous annonce qu'on rentre. J'ai des malades dans un état inquiétant. Personne ne veut de vos fûts de merde. Je vous les ramène en Italie...

— Mais comandante. Vous n'avez rien compris à Dakar. Je viens d'avoir un haut fonctionnaire, le certificat est prêt...

Tandis qu'il parle, le bosco et le chef mécanicien sont entrés. Tous deux ont les paupières gonflées et les yeux rouges. La gueule de gros dogue de Nikos Sikeliotis en est complètement transformée. Une large plaque rouge qu'on dirait presque à vif va de son menton à son oreille gauche. Il semble que leur vue électrise le commandant qui hurle :

— Foutre ton poison à la mer, Frattori, compte pas sur moi ! T'es une ordure et tes macaques des douanes pèsent pas plus lourd que toi, crapule !

L'autre essaie de parler mais Bernier coupe la communication. Son visage très pâle est ruisselant. Il s'assied sur le rebord d'une table où se trouve un plateau portant des tasses, un pot et des biscottes sur une assiette. D'une voix blanche il annonce :

— Cap sur Gênes !

Les autres se regardent. Le bosco grogne :

— Tout de même, l'Afrique, c'est incroyable !

De sa grosse voix qu'il essaie de garder très douce, le Grec explique :

— Le coup du faux certif, y a pas qu'en Afrique qu'on peut l'avoir. Pour ça comme pour pas mal d'autres choses. A Marseille, le consul du Liberia a embauché un commandant à la retraite, un Français, qui fait passer les brevets. Tu l'as pour mille balles. Tu sors même pas du bureau. Tu dis tribord c'est à droite, bâbord à gauche et t'es breveté pour mille balles...

Bernier l'interrompt en sortant :

— Allez, au travail ! Je vais faire changer de cap et j'irai voir le mousse. Si d'autres malades veulent venir à l'infirmerie, j'y serai dans dix minutes.

Les autres le laissent refermer la porte. Le chef mécanicien semble plus abattu que le bosco qui secoue sa trogne tomate en grognant :

— Des mecs daubés par l'oseille, t'en trouves partout. C'est normal, c'est les gouvernements qui poussent dans cette direction. Je connais un radio, son père est paysan près d'l'Etang de l'Or, pas loin de Montpellier.

— Je vois où c'est.

— En France, t'as ce qu'on appelle la politique du retrait. La pêche se vend plus, tu la portes à des fonctionnaires qui te la paient tant le kilo, on balance ça à la décharge et on arrose de fuel pour pas que les fauchés viennent se servir à l'œil.

— Tu débloques ?

— J'débloque pas. Parole !... C'est bon, le vieux va leur livrer une camionnette. Les mecs disent : Pour qu'on vous raque, faut qu'elles soient calibrées, vos pêches, et conditionnées en plateaux, comme pour la vente.

— Là, fait le Grec, je te crois pas. Tu pousses un petit peu loin.

Le bosco ricane et reprend :

— Le vieux leur propose : Vous me payez tout au prix des plus petites. Non, qu'ils font, faut les mettre en cagettes. Bien entendu, le type leur a laissé son chargement devant la lourde en leur disant de se carrer le pognon où tu penses. Tu parles, payer des emballeuses pour foutre les pêches au dépotoir, c'était pas son genre.

Ils se regardent un moment avec des hochements de tête. Le chef mécanicien semble incrédule et le bosco conclut :

— J'peux te le présenter, cet homme-là. Y s'est battu un an pour essayer de monter une conserverie pour faire expédier des fruits aux gens qui crèvent de faim au lieu de les arroser de fuel. Impossible... Ben moi, je m'en vas te dire : un monde pareil, il est bon pour crever la gueule ouverte !

Tandis qu'ils parlaient, Auguste Poilard qui n'est pas de quart est entré. Il les a écoutés et remarque :

— Que le monde soit pourri, ça fait aucun doute. Mais moi, j'commence à penser qu'il est surtout bien compliqué. Ces histoires de types qui s'enrichissent avec des ordures, j'arrive pas à comprendre comment y peuvent s'y prendre.

Le bosco semble désespéré. Il souffle sa fumée, déplace son mégot et soupire :

— Si j'l'ai pas expliqué cent fois !...

— Peut-être, mais moi...

— Toi, bien entendu, t'as rien entravé. C'est pourtant simple. C'est clair comme de l'eau de mer où des rafiots pourris auraient jamais navigué. Imagine qu'on est tous les deux dans le salon de la duchesse de Billemolle où je t'ai fait inviter. T'avais une petite

Les côtes d'Afrique

fringale et tu t'es tapé en douce une boîte de sardines. Seulement, t'es vachement emmerdé parce que tu sais pas quoi foutre de la boîte vide. Moi, plus malin que toi, je sais très bien où qu'on peut la balancer.

— A la mer...

— Pas à la mer, face de pet, t'es dans son salon.

— Oui, au bord de la mer, j'suis près de la fenêtre.

— Non, à Paris, dans le XVIe! C'est bon, ta boîte vide, je vais pas te l'acheter.

— J'te la vendrais pas.

— T'as bien tort, ça te débarrasserait.

— Non, je la garde pour foutre mon mégot.

Le bosco ne se démonte pas pour si peu :

— T'as raison, les larbins ont piqué tous les cendriers en or massif. Seulement, pauvre bille, quand ta boîte est pleine de clopes, qu'est-ce que t'en branles ?

— J'te la refile.

— OK. C'est ce que j'attendais. Seulement, pour que je t'en débarrasse, tu me files une pincée de fraîche avec. Autrement dit, tu me verses mettons dix balles pour que je fasse disparaître tes saloperies.

— Admettons, fait le graisseur d'un air un peu soupçonneux.

— Moi, comme je suis un habitué du salon, je peux pas balancer la boîte dans une potiche. Remarque bien, j'en connais que ça gênerait pas. Mais moi, je préfère la refiler à un larbin pour qu'il la mette au vide-ordures. Seulement, pour qu'il aille pas raconter à la duchesse que j'ai becté des sardines dans son salon, je lui refile cent sous dans la pogne. T'as pigé, nez de bœuf? Bénef pour ma pomme : une tune ! si tu te nourris que de sardines, je fais fortune.

Poilard semble tout de même un peu décontenancé et le bosco conclut :

— Enfin, quoi, y a pas besoin d'avoir la tronche au père Einstein pour piger ça ?

Poilard hoche la tête et fait :

— Ben oui, c'est ça le nouveau commerce. Celui qui fournit la marchandise, faut qu'y raque pour qu'on la prenne. Tout de même, tu parles d'un monde !

Le bosco tire de sa poche son gros briquet de cuivre, incline la tête pour rallumer son mégot sans se brûler à la longue flamme. Puis il demande, l'air très sérieux :

— Et alors, tu peux me dire où est le mal dans tout ça ?

— Moi, lance l'autre en haussant ses maigres épaules, j'm'en déhale ! j'suis pas dans le commerce !

17.

Le maître d'équipage vient de rejoindre le commandant à l'infirmerie. Le mousse a toujours autant de fièvre et sa jambe le fait souffrir jusqu'à l'aine. D'une voix enrouée, il dit en montrant le haut de sa cuisse :
— Là, j'ai des grosseurs. Ça durcit.
— Ce sont des ganglions... T'en fais pas, on fonce vers Gibraltar. On y sera vite.
Le regard du garçon s'éclaire.
— On va chez nous ?
— On y va.
Il tousse. Il montre sa poitrine.
— Ça me brûle tout l'intérieur.
— On va te faire des tisanes.
Le bosco qui vient de fouiller la pharmacie s'avance avec une bouteille de sirop pectoral. Il tient une cuillère qu'il emplit d'un liquide rose.
— Tu vas boire de ce machin-là. Ça sent vachement bon.
Le garçon a du mal à se soulever sur un coude pour absorber la potion. Quand il l'a avalée, il se met de nouveau à tousser. Le bosco lui donne de l'eau.

— Faut boire beaucoup. Le plus possible.

— Ce qu'il faudrait, plaisante le commandant, c'est que tu sois capable de boire autant d'eau que le bosco peut absorber de pastis !

Le mousse vide son verre puis se laisse retomber à plat dos. Epuisé.

Tandis que le bosco éponge son visage, le commandant met des gouttes dans les yeux de quatre matelots qui viennent de se présenter. Parmi eux, l'énorme Antonio Reni qui est du même village que le mousse. Dès qu'il a reçu des soins, il va s'asseoir près de la couchette et il prend la main du malade. Il lui parle doucement dans la langue de leur pays et Gabriella revient plusieurs fois. Le visage du garçon s'éclaire d'un sourire. Il fait oui en battant des paupières mais on voit qu'il n'a même plus la force de parler.

— Tu vas dormir, hein. Tu vas dormir, mon petit. Bientôt, tu seras à Porto Ercole. Oui, oui, ta mamma et Gabriella...

Il repose la main du garçon sur le drap, puis il se lève lentement. Il porte un maillot rayé bleu et blanc qui le fait paraître plus large encore. Le bosco essaie de plaisanter :

— T'as mis ta tenue de bagnard, c'est pas la peine, y a plus de bagnes.

L'autre qui allait sortir referme doucement la porte. Il se retourne, regarde le bosco et le commandant. Sa grosse tête va un peu de gauche à droite, son front bas se plisse.

— Y a plus de bagnes. Mais ici, ça va finir par être pire... Oui, bien pire que les galères !

Le maître d'équipage va répondre, mais le matelot

ne lui en laisse pas le temps. Sans élever la voix, il reprend :

— La tôle, ça peut arriver. Pour vous, et pour le commandant. Nous, on savait rien. Rien du tout sur cette foutue cargaison du diable.

Les autres matelots sortent. Antonio Reni a parlé en anglais. Tous ont compris mais nul ne souffle mot. Le commandant et le bosco ne répliquent pas non plus. Le gros Toscan hésite un instant puis, haussant ses énormes épaules, il sort lentement.

18.

Belle mer. Bonne visibilité. Le *Gabbiano*, en dépit de son âge et d'une machine qui se révèle plutôt faible, marche assez bien.

Deux jours de silence complet de la part de Frattori puis, au matin du troisième jour, appel d'urgence. Le soleil est au ras de l'eau où courent de petites vagues crêtées d'écume d'argent.

Sans se presser, le commandant qui vient de se lever monte au local des transmissions. La voix de Frattori est très enjouée.

— Excellentes nouvelles, comandante, je viens de signer un accord avec un de mes confrères tunisiens.

— Quel accord ?

— Attendez, comandante. Sur le plan commercial, ce n'est pas intéressant pour moi dans l'immédiat, mais ça va vous permettre deux choses. Quand vous passerez au large de Bizerte, une vedette-ambulance viendra chercher votre malade. Il sera hospitalisé à Tunis. Sa mère va prendre l'avion et sera là-bas à son arrivée. Je lui expédie son billet. Je m'occupe de tout, comandante. Là, on va aussi vous ravitailler. Une barge pour le carburant et une pour l'eau et les vivres. Il y a même toute une pharmacie de prévue.

— Et après ?

— Après vous mettrez le cap sur la côte sud du cap Bon. Mon correspondant vous contactera dès que vous serez au large de Korba. Des camions sont prévus pour tout recevoir...

— J'espère que c'est des camions-citernes avec des pompes à merde !

L'Italien éclate de rire.

— Pas de quoi vous marrer. Une tapée de fûts sont crevés. Ça pue à trois milles de distance !

— Comandante, tout est préparé pour le nettoyage de la cale. Et vous allez même toucher une prime imprévue. Vous ramenez un chargement de poterie et de ferronnerie d'art. Annoncez-le à vos hommes.

— Mes hommes, ils ont les yeux comme des amphores. Alors, la poterie d'art, ils l'ont au cul !

— Comandante, que vous êtes drôle...

— Rigole bien, voyou, on te fera une tronche bien plus grosse qu'une amphore...

Pendant que l'Italien continue de rire, Bernier repasse l'appareil à l'officier radio :

— Note ce qu'il a à nous communiquer comme coordonnées.

Il sort et se précipite à l'infirmerie. L'énorme Antonio Reni est assis à côté du mousse. Dès qu'il n'est pas de quart, le Toscan vient tenir compagnie à son ami. Il a même obtenu de coucher à l'infirmerie.

Bernier leur annonce les nouvelles en prenant soin de préciser tout de suite que la mère du mousse sera là. Le garçon qui ne prend plus que du liquide depuis deux jours trouve la force de se soulever sur un coude pour dire, avec un pauvre sourire :

— Je crois bien que j'ai un petit peu faim.

— Alors, je fonce voir Prince Eric, dit Antonio Reni qui sort avec le commandant.

Une fois dans la coursive, il demande :

— Commandant, c'est vrai ?

— Tu penses pas que j'aurais inventé cette histoire ?

— Des fois, pour lui remonter le moral. On pourrait même pas vous en vouloir.

Il fait deux pas, s'arrête et se retourne, son lourd visage où les taches rouges sont nombreuses est très soucieux. Son regard file à peine entre les paupières boursouflées.

— Et l'autre pourri, vous êtes sûr qu'y vous a pas bourré le mou ?

Bernier soupire :

— Bon Dieu, faudrait être vicieux. Et à quoi ça l'avancerait ?

— Y doit avoir peur que vous appeliez la Royale, pour les malades.

— Mon pauvre vieux, la Royale avec pavillon cypriote et armateur italo-helvète. Et puis lui, que veux-tu que lui fasse le gouvernement français ?

Bernier file et monte l'escalier. Dès qu'il entre dans la timonerie, il est accueilli par des sourires et des regards où, derrière une certaine joie, se devine une interrogation.

— Alors commandant ? demande le second.

Bernier essaie de rester serein.

— Alors toujours le même cap. Après Gibraltar,

on fera route plus au sud. Je vois que vous êtes au courant.

Le bosco sur le point de sortir se retourne :

— Il signor Frattori a envie qu'on le reçoive par tribord !

— On a le temps de voir s'il le mérite. En attendant, va annoncer la nouvelle à l'équipage.

— Malheureux qu'on ait même pas le droit de ramasser une muflée pour fêter ça !

19.

Cette nuit, alors que Bernier se trouvait sur la passerelle, l'officier radio est arrivé rayonnant :
— Commandant, commandant! Vite vite, je tiens l'hôpital Purpan de Toulouse. Un toubib vachement sérieux qui veut vous parler.
Bernier a bondi. La communication avec le Centre radio médical était très claire. Le médecin l'a interrogé longuement sur tous les symptômes qu'il a pu observer sur son équipage et sur lui, puis il a déclaré :
— Nous avons eu la même chose sur trois cargos transportant des déchets toxiques. C'est à prendre au sérieux, mais il n'y a pas de raison de s'affoler. Ça relève d'une intervention de type 1, c'est-à-dire soins à bord sans nécessité de déroutement. Puisque vous allez en Tunisie, je vous fais expédier en urgence des médicaments avec toutes les instructions pour leur utilisation. Et j'établis le contact avec Tunis pour qu'un bon médecin vous rende visite à bord dès votre arrivée. En attendant, continuez ce que vous avez fait jusqu'à présent. Pour les yeux, avez-vous encore de la lotion oculaire Dacryosérum ?

Les côtes d'Afrique

— Il m'en reste six ou sept flacons.
— Faites laver les yeux avec, même pour ceux qui ne sont pas atteints. Ça évitera l'irritation. En cas de brûlure, vous faites coucher le brûlé, vous écartez bien les paupières et vous faites couler la lotion directement sur l'œil. Bonne route, commandant. Soyez tranquille, la Tunisie est un pays où il y a de très bons médecins. Et de très bons hôpitaux si vous devez vraiment débarquer des malades.
— Merci, docteur !
— A votre disposition. N'hésitez pas à rappeler. Au revoir, commandant.

Quand il a regagné la timonerie, Bernier semblait vraiment soulagé.

Ce matin, alors qu'un soleil rose voilé de violine montait tout nimbé de vapeurs immobiles, ils sont arrivés en Méditerranée. C'était une féerie d'or et de feu qui s'éveillait vers l'orient pour fêter leur venue.

Le bosco descend à l'infirmerie. Antonio Reni étant de quart, le mousse est seul. Il ne dort pas. Il ouvre avec peine ses paupières toujours collées par l'humeur au terme de chaque somme. Plein de joie, le maître d'équipage lui lance :

— Ça y est, mon petit gars, on vient de passer les Colonnes d'Hercule !
— Quoi ?
— Gibraltar, mon petit. Le détroit. On vient d'entrer dans *ta* mer. D'ici trois jours on devrait se trouver vers la mamma.

— Je le savais, répond le mousse en souriant, j'ai senti.

— Quoi ?

— La lumière qui a changé, et le mouvement aussi.

Le bosco se penche vers lui. Il lui empoigne le bras et serre avec affection.

— Toi, mon gars, t'as l'sens du bateau. Tu feras un vrai marin. Faut que tu étudies un peu. Un jour, tu peux passer un brevet.

Il se relève et fait deux pas en direction de la porte puis, s'arrêtant, il se retourne pour demander :

— T'aimes ça ?

— Quoi donc, la mer ?

Le bosco hausse les épaules.

— La mer, la mer, ça veut rien dire. On n'aime pas la mer. Moi, j'm'en tamponne, de la mer, ce que j'aime, c'est les bateaux.

Le regard du garçon semble inventorier la pièce où la réverbération tamisée par les stores danse sur le plafond et le haut des cloisons.

— Oui, fait-il. J'aime ça, mais pas dans l'infirmerie.

— T'as pas perdu l'sens du rire. C'est la preuve que tu vas mieux.

Le bosco sort. Dans la coursive, il hésite. Il regarde en direction de l'escalier qui donne accès à la passerelle, puis vers la droite où s'ouvrent d'autres portes. Il se dirige vers celle où est peint en grosses lettres imparfaites, bleu foncé sur gris : « Réservé aux cuisiniers ».

Il pousse le battant et lorgne vers l'intérieur. Boussardon est seul. Occupé à ouvrir des boîtes de

haricots verts, il lève les yeux sans cesser son travail.
— Salut, lance le bosco. Nous voilà chez nous.
— J'ai vu ça.
Le bosco inspecte du regard les étagères où boîtes et bouteilles sont maintenues par des barres de bois. Avisant une bouteille de rhum, il tend la main dans sa direction :
— J'sais pas si c'est le sable ou les vacheries des fûts, mais je m'paie une angine de première. Faut que j'me rince la gargoulette un petit coup avec du désinfectant.
— L'eau de Javel dans l'eau chaude, y a rien de tel.
— Tu voudrais me faire crever, toi !
Le bosco a ouvert la bouteille. Au goulot, il boit une longue lampée. Puis, reposant la bouteille, il essuie ses grosses lèvres d'un revers de main en soufflant fort de la gorge.
— Juste ça. Ça fait du bien.
— Vous devriez pas, m'sieur Fournon, vous l'savez bien ! Si vous commencez...
— Et alors ? J'ai pas le droit de me soigner si j'suis malade ?
— Malade, malade...
Le bosco inspecte des yeux le fourneau et les plans de travail. Avisant une assiette il la désigne du doigt :
— Qu'est-ce que c'est ?
— Ben, c'est une assiette, quoi ?
— Propre ?
— Bien sûr. Pouvez regarder.
— Qu'est-ce qu'elle fout là ?
Le grand fifrelin a l'air stupéfait.

— Je te demande ce qu'elle fout à côté d'une pile d'assiettes sales ?

Le cuisinier semble vraiment terrorisé. D'une petite voix toute prête à se briser, il bredouille :

— Bien... les sales, j'm'en vais les laver, m'sieur Fournon, faut m'laisser le temps d'me retourner.

— Tu peux bien les laver quand tu voudras, j'm'en cogne les parties. Ce que tu devrais savoir, c'est qu'il y a une loi qui interdit qu'une assiette cradingue en croise une propre.

L'autre se met à rire.

— C'est une blague ?

— C'est tout ce qu'il y a de sérieux. La preuve, c'est que j'ai un pote qui est maître d'hôtel dans un grand restaurant d'Avignon. Eh ben l'patron du restau a fait transformer toute la cuisine pour que les assiettes propres rencontrent jamais les sales. Il en a eu pour des millions. A deux doigts de bouffer la grenouille, le pauvre homme ! Et obligé d'y passer. Sinon : boutique fermée par les services de l'Hygiène !

Le cuisinier hoche la tête longuement et grimace en soupirant :

— Ben moi, j'trouve ça con !

— T'as raison, fifrelin, con comme les mecs qui ont voté la loi. Mais tout de même, ça existe !

20.

Le bosco n'a pas de chance. Au moment précis où il passe devant le bureau du commandant, la porte s'ouvre. Bernier sort et, comme la coursive n'est pas large, ils se trouvent face à face. Le Niçois se plaque contre la cloison, mais l'effort qu'il vient d'accomplir pour monter l'empêche de retenir son souffle. Bernier fronce les sourcils. Un pas approche. Quelqu'un va déboucher à l'angle. Le commandant rouvre sa porte de la main gauche et, de la droite, il empoigne le bosco par le devant de son maillot et l'oblige à entrer. La porte refermée, il laisse passer et s'éloigner l'homme dont ils n'ont rien vu.

— Souffle ! Souffle, je te dis !

— Pas la peine. T'as déjà pigé : j'ai une angine carabinée.

— Salaud...

— Je te jure. J'ai pris juste un coup pour me désinfecter la gorge.

Le poing du commandant se lève. Les dents serrées sur sa colère, il rugit :

— Si en plus tu te paies ma tête...

L'autre a vraiment l'air d'un enfant pris en faute. Baissant ses paupières enflées sur ses yeux injectés de sang, il se met à se pétrir les mains en bredouillant :
— J'étais tellement content qu'on puisse soigner le petit... tellement content que ça finisse bientôt.
Bernier semble faire un gros effort pour garder son calme.
— Ecoute-moi bien, Evariste, encore une fois, tu m'entends, une seule fois, je te débarque dans une chaloupe, en pleine mer, avec juste une réserve d'eau douce.
L'autre lève vers lui une face de martyr, mais Bernier le pousse vers la porte en grognant :
— Ton cinéma, une autre fois. Oublie pas ce que tu m'avais juré : pas une goutte hors des repas. Et je te signale que tes pitreries ne me font pas rire du tout !

Bernier monte à la passerelle. Le second est penché sur le meuble à cartes dont l'un des grands tiroirs est ouvert. Il en sort les cartes de la côte tunisienne.
— Vous êtes pressé d'arriver, fait Bernier.
Le grand Breton sourit. Son regard clair paraît plus bleu.
— Commandant, je ne sais pas ce que vous en pensez, moi, je peux vous dire que tout votre équipage est très pressé d'arriver.
Ils filent leurs 14 nœuds, mais avec un vent arrière qui doit aller à peu près à la même vitesse, ce qui fait que la circulation d'air est pratiquement nulle. Et à mesure que la température augmente, en dépit des panneaux bien fermés, l'odeur monte. Elle coule

comme une eau invisible. Elle s'infiltre partout. Elle ne rappelle rien de connu. Elle pique le nez, la gorge, les yeux. Chacun essaie de la fuir, elle devance les hommes dans leurs déplacements d'une cabine à l'autre et d'étage en étage.

Le bosco qui reste sur son envie d'alcool est d'une humeur massacrante. Il grogne :

— Saloperie ! Ça sentirait l'pétrole ou la merde, au moins, on saurait à quoi s'en tenir !

21.

Ils ont bien marché. La mer continue d'être belle. Le bureau de Lausanne très optimiste.
Treize heures trente-huit. C'est Bernier qui est de quart. Le *Gabbiano* vient de doubler le cap Bougaroun. Bernier a fait ralentir l'allure en raison du nombre important de bateaux de pêche et de plaisance qui circulent au large du golfe de Philippeville. Massimo sort du local des transmissions.
— Commandant, vous avez en ligne la secrétaire de Frattori.
Plus personne ne dit : monsieur Frattori.
Le commandant va vers l'homme de barre et ordonne :
— Comme ça jusqu'au large du cap de Fer.
Il se hâte vers le local radio et empoigne le combiné.
— Commandant, je vous appelle de ma propre initiative. J'étais à ma pause, je rentre, je trouve une enveloppe avec un chèque pour me payer un mois et juste un mot de M. Frattori parti en Italie.
— Et alors ?

Les côtes d'Afrique

— Alors, il ferme le bureau. Il va vendre l'affaire.
— Vendre l'affaire ? Et nous ?...
— Commandant, ne criez pas. Moi, je ne sais rien. Mais je pense à vous et à vos hommes. Alors, avant de quitter le bureau, j'ai pris sur moi d'appeler la Tunisie. J'ai eu notre correspondant. Il dit que l'affaire tient toujours. Il vous attend comme convenu. Il va vous contacter. Il dispose d'un émetteur. Il vous appelle dès que vous êtes à portée. C'est tout. Simplement, lui qui se nomme Ferrandi prétend qu'il va reprendre avec M. Marquis. C'est tout. Bonne chance, commandant.

Elle ne lui laisse même pas le temps de réagir. Elle coupe la communication.

— Bon Dieu, rage Bernier, elle n'a même pas dit si elle a envoyé le billet à la mère du petit. **Allez**, rappelle-la tout de suite.

Il regagne la timonerie. L'homme de barre dit :

— Tout va bien, commandant, je crois qu'on peut monter en allure.

Bernier regarde la mer autour d'eux et les écrans radar où le faisceau tournant fait scintiller de multiples petits points.

— Non, on reste comme ça pour le moment.

Il décroche le téléphone intérieur et appelle le second.

— Désolé de vous déranger, monsieur Cheminard, auriez-vous l'obligeance de monter un moment ?
— Vous ne me dérangez pas, commandant.

Par le circuit intérieur, il appelle :

— Le maître d'équipage sur la passerelle !

Le bosco arrive en même temps que le second.

Tous deux ont l'air inquiet, mais de manière très différente. Le grand Breton interroge de son œil clair, le bosco fait une moue presque comique. Son énorme nez rouge se fronce, son regard parvient à peine à glisser une lame très fine entre ses paupières de plus en plus enflées et presque aussi violettes que s'il venait de se faire boxer. Bernier n'hésite pas :

— Messieurs, je ne sais pas si vous tiendrez ça pour une bonne nouvelle, mais je vous annonce que nous risquons fort de nous retrouver armateurs-propriétaires du *Gabbiano*, de son équipage et de sa cargaison de parfums Fleurs des Abruzzes et Eau de la Lagune !

— Tu débloques, ou quoi ? fait le bosco.

— Je n'ai jamais été aussi sérieux.

Et le commandant Bernier leur rapporte les propos de la secrétaire.

— Bordel ! laisse simplement tomber le bosco.

Hochant lentement la tête, le second observe calmement :

— Très bel héritage.

— Enfin, soupire Bernier, nous n'avons plus guère à patienter avant d'être fixés... Pour l'instant, n'en parlez à personne. Je ne voudrais pas que le petit soit informé. Il sera bien assez tôt quand nous serons sûrs.

Evariste annonce :

— Je vais passer le voir.

Et il s'éloigne en grognant :

— Bordel de merde, c'était trop beau. C'est pas encore demain qu'on pourra boire à plus soif !

22.

— Correspondant mon cul ! Correspondant fantôme !

C'est le bosco qui hurle en arpentant la timonerie.

La nuit est là. Le *Gabbiano* s'est écarté de la ligne du trafic et avance très lentement. Juste ce qu'il faut de puissance moteur pour pouvoir manœuvrer si le besoin s'en fait sentir. Le second, le commandant, le chef mécanicien, le bosco sont sur l'aileron tribord. Un matelot est à la barre, un autre aux écrans radar. L'officier radio et son second ne quittent pas leur poste. Ils écoutent tout ce qu'ils peuvent capter. Ils ont lancé des appels partout où ils pensaient pouvoir obtenir des renseignements. Le cargo a l'air d'être oublié du monde.

— On peut tout de même pas tenter d'entrer dans les eaux tunisiennes tant qu'on n'a pas de destination. Où on est, c'est à tout le monde, fait Bernier.

— Si le cœur t'en dit de t'y installer, raille le bosco, t'as de quoi ouvrir une parfumerie.

La venue de la nuit pourtant assez fraîche n'a guère freiné la montée des odeurs. On les sent de plus en plus présentes. La cale est un cloaque où plus personne ne saurait pénétrer sans un équipement spécial. Et il n'y en a pas à bord. On se garde bien d'ouvrir les panneaux.

Au loin, par tribord, on voit scintiller les lumières de petits ports. Des phares balaient l'espace de leurs faisceaux blancs. Plus en avant, Bizerte éclaire le bas du ciel.

— Quand j'pense au couscous qu'on allait s'envoyer, soupire le bosco.

— Ta gueule, grogne Bernier. J'suis écœuré.

Aujourd'hui, ils ont très peu mangé. Tous ont eu des nausées et deux matelots ont rejoint le mousse à l'infirmerie. L'un d'eux a les jambes très enflées et une poussée d'eczéma qui le fait terriblement souffrir. Il lutte pour ne pas se gratter. Il pèle. Le commandant l'a enduit de pommade et lui donne des gélules de Clamoxyl. L'autre ne cesse de vomir des glaires.

— On a beau pas avoir faim, observe le bosco, faudra tout de même se ravitailler.

— Et puis le fuel, dit le chef mécanicien, où est-ce qu'on va pouvoir en prendre ? Faire tourner des diesels à l'eau de mer, c'est une chose que je sais pas faire. Des moteurs sans fuel, ça vaut pas mieux qu'un bosco sans pastis.

Personne n'a plus le goût à rire. Ils sont tous là, à scruter la nuit étoilée, comme si du ciel qui scintille pouvait leur arriver quelque secours.

Une heure passe. De temps à autre, l'un d'eux gagne la timonerie où toutes les lumières sont en veilleuse. Plus personne ne va jusqu'au local des

Les côtes d'Afrique

transmissions, même si nul ne l'avoue, tous sont superstitieux et nul n'ira au-devant des nouvelles de peur de défier le destin.

Il est minuit dix lorsque l'homme de barre appelle :
— Le commandant au téléphone intérieur.

Bernier se précipite. Ecoute et dit :
— J'arrive.

Il raccroche, les regarde dans la pénombre que colore le feu de position.
— Le petit ne va pas. Il recommence à délirer.

Il sort. Le bosco le suit sans mot dire.

23.

Lorsqu'ils entrent dans l'infirmerie, Antonio Reni s'y trouve déjà, penché vers le mousse très agité sur sa couchette et qui crie d'une voix rauque dans sa langue toscane.
— Où sont les autres malades ? demande le bosco.
— Partis se coucher à leur place. Y pouvaient plus l'entendre gueuler.
— Qu'est-ce qu'il raconte ?
— Y m'prend pour le père de sa petite amie. Y croit que je veux les empêcher de se voir. Quand j'suis entré, y causait à un curé.

Le commandant a saisi le poignet du garçon qui se dégage d'une secousse en hurlant toujours dans sa langue. Reni traduit tout de suite.
— Y vous tient pour un gendarme venu l'arrêter.
— J'voulais prendre sa tension, mais c'est pas la peine de l'emmerder. Je vais lui faire une piqûre pour le calmer. Seulement, faudra l'empêcher de bouger.

Bernier prépare la seringue et l'aiguille. Il casse son ampoule.

Les côtes d'Afrique

— Retournez-le et tenez-le ferme. Je vais le piquer à la fesse.

Les deux hommes ont beaucoup de mal à déplacer ce corps qui se raidit et se met en pont sur la nuque et les talons. Dès qu'ils ont réussi à le coucher à plat ventre, Reni emploie toute sa force énorme pour le maintenir tandis que le bosco tient les chevilles.

Dès qu'il sent le froid du tampon de ouate imbibé d'éther sur sa peau, le mousse est comme électrisé. Ses deux jambes se replient obligeant le bosco à lâcher prise et son corps se vrille de telle sorte que l'hercule qui le maintient roule sur lui. La couchette gémit et plie.

— Faut quelqu'un pour lui tenir les bras.

Les hurlements du malade sont tels que deux matelots et le chef mécanicien entrent en trombe.

— Vous tombez bien, aidez-nous.

A cinq, ils ont du mal à l'immobiliser. Au moment où l'aiguille pénètre son muscle, le garçon arrache du fond de sa gorge un cri strident qui n'en finit plus. Enfin, il se tait. Son souffle est une forge. Lorsqu'il se détend, les hommes l'allongent sur le dos. Son visage est inondé de sueur. La bave et la morve coulent et font des bulles. Reni l'essuie doucement. Sa grosse patte velue tremble un peu. Le mousse balbutie :

— Mamma... mamma... mamma...

Puis un énorme sanglot crève. Tout doucement, il se met à pleurer. Alors, son ami s'assied tout près de lui. Il caresse tendrement son front luisant et, d'une voix de tête que l'on ne s'attend pas à entendre sortir de cette énorme poitrine, il commence à chanter une berceuse toscane.

Les autres se sont immobilisés. Tous écoutent ce colosse habité d'une infinie tendresse qui fredonne tandis que de grosses larmes coulent de ses yeux rougis.

24.

Six heures. Une aube rose que la lumière déchire découvre une mer d'huile. Bernier sort de la cabine des transmissions. Il lance au second qui vient de prendre son quart :

— Cap sur La Goulette. On s'arrête à deux milles de l'entrée. Une vedette sanitaire va venir le chercher. Mais nous, pas question d'approcher, on a la peste... Et n'oubliez pas d'envoyer le pavillon, ils seraient foutus de faire décoller la chasse.

Il descend à l'infirmerie. Le mousse dort profondément. Il est seul. Les stores sont baissés. La pénombre est presque fraîche.

Bernier remonte. A peine est-il sur la passerelle qu'on l'appelle de la cabine radio. Il s'y précipite. Le second radio lui tend le combiné en annonçant :

— Ferrandi!

Bernier couvre le microphone avec sa main et ordonne au radio d'enregistrer. L'homme fait signe que la bande magnétique tourne.

— Ici Bernier. Seigneur! depuis le temps qu'on fait des pieds et des mains pour vous joindre!

— Je sais, commandant, mais je me suis beaucoup battu. C'est gagné. Mettez le cap sur...
— Pour l'instant, le cap est sur Tunis où je viens d'obtenir qu'on hospitalise un de mes hommes.
— Je sais tout ça, commandant. Et...
Il n'a presque pas d'accent, ou, plus exactement, on se demande s'il est tunisien ou italien. Le commandant l'interrompt :
— Puisque vous savez tout, vous devez savoir aussi qu'on est à court de vivres et que, question carburant, on marche à la boue.
L'autre émet un rire bref.
— Eh bien oui, commandant, je le sais aussi. Et comme c'est moi qui ai repris l'affaire de mon ami Frattori qui est très malade, j'ai déjà fait le nécessaire. Dès que vous serez au large de Kelibia, vous m'appelez sur la fréquence que j'ai indiquée à votre radio. Deux barges iront vous ravitailler. Une pour le fuel et l'autre pour l'eau et des vivres.
— Merci.
— Vous verrez, commandant, nous allons faire du sacré bon travail, vous et moi !
— Et le petit ?
— Eh bien, vous l'avez dit, ils vont...
— Oui, mais sa mère qui devait venir...
— Frattori n'a pas envoyé le billet, mais moi, je m'en occupe, dans deux jours elle sera là !
— Merci, monsieur Ferrandi.
— Ne dites pas ça, appelez-moi Alessandro.
Bernier raccroche. Le bosco est derrière lui.
— Alors ?

Les côtes d'Afrique

— Il veut que je l'appelle par son prénom. Et dans deux jours il nous fera une vacherie.

Bernier explique ce qui va se passer et le bosco déclare :

— T'as raison de te méfier, mais tout de même, la terre ne porte pas que des mecs pourris.

— Non. Seulement, des coups pareils, on dirait bien que ça les attire comme un litre de pastis attire un bosco.

— En tout cas, les industriels qui veulent se délester de leurs déchets sont aussi pourris que les mecs qui nous les font transporter. Y savent que c'est toxique.

— Ils s'en foutent. Il disent que toutes les femmes emploient des lessives qui empoisonnent les rivières et la mer, elles le savent et elles n'arrêtent pas pour autant de laver !

Le bosco hausse les épaules et lance :

— L'tabac aussi, c'est du poison, et l'alcool pareil, n'empêche que j'aimerais mieux un barlu bourré d'gauloises et d'pastis que la merde qu'on traîne !

25.

L A vedette est au rendez-vous. L'officier de santé qui monte à bord du *Gabbiano* a le grade d'enseigne de vaisseau. C'est un grand gaillard d'une trentaine d'années. Il se présente et la curieuse manière qu'il a de prononcer le français en mangeant la moitié des mots fait que personne ne comprend son nom. Le commandant le précède à l'infirmerie où il se penche sur le mousse dont il prend le pouls et écoute le souffle.

— Très mauvais.

Il pose quelques questions brèves et précises.

Le commandant répond du mieux qu'il peut. Tout en l'écoutant, le Tunisien respire à petits coups et regarde partout comme s'il interrogeait l'atmosphère autour de lui.

— Vous n'avez vraiment aucun renseignement sur la nature de ces produits?

— Non, aucun.

— Les fûts sont marqués comment?

— Des chiffres et des couleurs différentes.

— Rien qui porte la lettre R?

— Pour dire la vérité, les fûts sont sur palettes, je ne les ai pas examinés un par un.
— A votre avis, combien sont éventrés ?
Le commandant Bernier hésite. Il interroge des yeux le second qui est chargé de la cargaison :
— Je ne peux pas donner un chiffre, commandant, au juger, je penserais...
Le docteur l'interrompt pour glisser sans l'ombre d'un sourire :
— Vous voulez dire à vue de nez ?
— C'est ça... mettons une bonne trentaine.
Le médecin soupire.
— Voulez-vous que j'examine d'autres personnes ?
Il s'est approché de Bernier dont il regarde les yeux.
— Penchez la tête en arrière... Belle petite conjonctivite. Je m'en doutais. Je vous ai apporté des collyres et des pommades.
Il examine les matelots qui se présentent et s'attarde longtemps sur les pieds et les mains d'un Grec très calme et qui ne s'est jamais plaint.
— Je vous propose de faire également hospitaliser cet homme. Une infection pareille peut devenir très rapidement dangereuse.
— D'accord, dit Bernier.
Le matelot proteste, mais le médecin lui explique qu'il risque sa vie et l'homme part préparer son sac. Antonio Reni a monté celui du mousse. Comme le médecin parle de civière, il réagit :
— J'aime mieux le prendre à bras. C'est plus facile pour l'escalier.
Avec mille précautions, il passe ses grosses pattes

velues sous le corps du garçon qui geint doucement, les yeux révulsés, et il le soulève comme une plume. Il part avec lui, en fredonnant toujours la même berceuse qui donne aux autres envie de pleurer.

26.

Le *Gabbiano* ravitaillé fait route vers le sud. Le soir tombe rose derrière la masse violette du djebel Zaghouan. Le commandant, le chef mécanicien et le bosco se tiennent sur l'aileron tribord et regardent défiler au loin les lumières de la côte. Evariste Fournon essaie de plaisanter :

— On a le plein d'eau douce, ça devrait me réjouir, rien à chiquer, j'ai l'noir !

— Ben moi, fait le chef, j'sais pas plus que toi où on finira par se débarrasser de ces putasseries de fûts, mais j'peux te dire que je suis tout de même soulagé de me sentir un peu plus de fuel. Quand les pompes commencent à tirer la boue, on peut s'attendre au pire. En quinze années de navigation comme chef, j'ai eu deux heures de panne. J'tenais pas à m'en payer une avec ce qu'on traîne dans la cale.

Bernier ne souffle mot. Son regard demeure fixé sur cette côte que la nuit efface peu à peu. Un moment passe avec la seule chanson des moteurs. Le vent d'ouest qui chasse vers le large leur puanteur apporte jusqu'à eux des bouffées tièdes qui sentent la terre brûlée et les plantes sauvages des rivages et des vallées.

— Dans ma putain de vie, explique le bosco, j'peux vous dire que des malades et des blessés, j'en ai débarqué. Chaque fois, je me sentais soulagé. Cette fois, j'sais pas ce que j'ai, mais l'départ de ce p'tit gars, ça me turlupine. Y me semble qu'on a bien fait. Mais, d'un autre côté, si on décharge assez vite, dans trois ou quatre jours on peut toucher à La Spezia par exemple. Y a sûrement un bon hôpital à Gênes ou à Livourne.

— Les bons hôpitaux, en Italie..., soupire Bernier.

— Et si ces cons nous font encore attendre...

Le chef mécanicien est interrompu par la voix du radio :

— Commandant, appel urgent d'Alessandro Ferrandi.

Bernier se hâte vers la cabine des transmissions et le bosco raille :

— Tu crois pas si bien dire. J'te parie un litre qu'on se paie encore un sac de nœuds avec ce Rital !

Ils hésitent à suivre Bernier et Evariste lance :

— On saura toujours assez tôt !

Mais ils ne regardent plus la côte où scintillent de minuscules points lumineux. Adossés à la rambarde, ils fixent tous deux la porte de la timonerie. La voix assourdie du second leur parvient :

— Dix à gauche la barre.

Et la voix du timonier répond :

— La barre est dix à gauche.

— Zéro la barre.

Les côtes d'Afrique

— La barre est à zéro.

Et puis, soudain, la voix plus forte de Bernier, dont on sent qu'il domine mal sa colère :

— Monsieur Cheminard, venez au 340. Demain nous aurons des précisions.

Revenant sur l'aileron, d'une voix qui vibre un peu il lance :

— On rentre en Italie !

— Bordel de merde, hurle le bosco, je l'sentais. On aurait dû garder le petit !

— Mais qu'est-ce qu'ils ont ? demande le chef mécanicien.

— Ils ont que le toubib à galons qui nous a débarqué nos gars a balancé un rapport gratiné à leurs services de santé. Le ministère est en train de bouillir.

— Et Ferrandi, glapit le bosco, qu'est-ce qu'y branle, cet empalé ?

— Ferrandi, il prend l'avion pour Rome demain matin. Dès qu'il arrive, il nous fait savoir quel est le port de son beau pays qui va vouloir de notre parfumerie ! Probablement Marina di Carrara.

Un silence passe. Le chef mécanicien vient de descendre aux machines. Le *Gabbiano* décrit un large cercle qui l'amène proue plein nord. Le commandant et le bosco quittent l'aileron tribord où l'air devient difficilement respirable. Ils rentrent et ferment la porte. Le commandant va vérifier les cadrans de marche et jeter un coup d'œil aux écrans radar. Puis il rejoint le bosco qui s'est accoudé à la console et fixe la nuit devant eux comme s'il espérait une aube qui les libère enfin.

— Tout de même, ce gamin, il allait se retrouver chez lui dans trois jours.

— Tu pouvais le prévoir, toi ? demande Bernier.

Les dents serrées sur sa colère, le bosco demande :

— Ce Ferrandi, quelle impression y t'a faite, ce soir ?

— Difficile à dire.

— Tu penses pas qu'il aurait pris son billet pour aller retrouver l'autre pourri ?

Le grognement qu'émet le commandant n'est pas une réponse.

TROISIÈME PARTIE

Méditerranée

« *Un monde gagné pour la technique est perdu pour la liberté.* »

Georges Bernanos

27.

Dix heures trente. Mer agitée. Un vent d'ouest avec des pointes de force 6 tourbillonne dans le golfe de Gênes. Des vagues nerveuses viennent battre le flanc bâbord du *Gabbiano* qui tangue et roule assez fort.

Hier à midi ils ont reçu des instructions de Ferrandi leur ordonnant de mettre le cap sur Gênes. Ils sont attendus pour décharger au port des hydrocarbures où des barges spéciales recevront leur cargaison. Le commandant qui se tient à droite de l'homme de barre soupire :

— J'ose à peine y croire. Ce port, je le connais, je vois pas qu'ils acceptent notre parfumerie avec leur pétrole.

— Nous démoralise pas, fait le bosco.

— Avec ce temps, dit le second, j'ai peur que d'autres fûts aient encore crevé.

— Ce n'est pas le moment d'aller mettre le nez dans la cale. J'espère que leurs dockers auront des masques et des combinaisons.

Bernier a fait réduire l'allure. De nombreux

bateaux fuyant la forte mer se hâtent vers les ports. Laissant sa place au second, le commandant se rend au local radio.

— Dès que vous les avez, vous demandez les remorqueurs.

— Je les ai eus, commandant, ils vont me rappeler.

Bernier sort. Son visage est inquiet. Sa bouche se serre et le mouvement de son menton fait remonter sa barbe. Il vient à peine d'atteindre la console que l'officier radio le rejoint.

— Ordre d'attente. Rester où nous sommes.

— Qu'est-ce qu'ils ont?

— Pas de remorqueur.

— Ils mentent... Je le savais.

Se tournant vers le second, il lance :

— Cap au 260. Réduisez la machine et tenez-vous face à la lame.

Il regagne la cabine des transmissions où Massimo Castri a repris place devant ses appareils. Le bosco arrive aussi.

— Qu'est-ce qu'il y a, on change de cap?

— Attente. La merde continue. (Au radio :) Appelez-moi Ferrandi.

— C'est ce que je fais, commandant.

Quelques minutes passent, très tendues. Le cargo qui se tient face au vent cesse de rouler mais tangue fortement.

— Je l'ai, commandant.

— Ferrandi? Alors, qu'est-ce qu'ils font?

— Commandant, j'ai eu des problèmes mais tout est réglé. Pas de place à Gênes, cap sur Marina di Carrara.

— Est-ce que ça va durer des années, cette valse-hésitation ?

— Croyez-vous que ce soit simple pour moi ? J'ai tout sur le dos en même temps. Je suis en train de me battre pour résoudre ce problème, et on vient de m'apprendre que le petit Sacconi est mort. Je vous laisse pour appeler sa maman. Vous voyez un peu ?

Il raccroche. Bernier demeure un instant immobile, le corps balancé par le mouvement du bateau. Puis, se tournant vers le bosco, d'une voix blanche, il souffle :

— Fais venir Antonio Reni... le petit est mort.

— A voir ta gueule, j'l'ai senti.

Tandis que le bosco sort, il se dirige vers la console de manœuvre. Toujours de cette même voix sans timbre, il s'adresse au second :

— Notre mousse est mort.

Le grand Breton se tourne vers lui. Son regard clair s'est durci.

— Terrible !

— Vous mettez le cap au 120. On ne veut pas de nous à Gênes. Nous allons à Marina di Carrara. Je vais sortir les cartes.

Le matelot qui se trouve à la barre exécute la manœuvre que lui indique le second, puis il dit à Bernier qui s'éloigne en direction du meuble des cartes :

— Commandant ? Je demande à débarquer dès que nous toucherons au port.

Le garçon est jeune. C'est lui aussi un Toscan, né à Grosseto. Il se nomme Sergio Ronconi. Taciturne, moyen de taille et un peu lent, il passe facilement inaperçu.

— Tu veux débarquer, mais malheureux, si tu débarques à présent, tu ne seras pas payé.
— Ça ne fait rien.
Il parle un français très correct, presque sans accent.
— Tu es si riche que ça, pour bosser à l'œil ?
— Je n'ai pas d'argent. Ma richesse, c'est ma vie. Je ne veux pas la perdre.
— Tu es malade ?
— Mal aux yeux.
— Comme tout le monde.
— Vomi deux fois cette nuit. Mes jambes pèlent.
— On ne meurt pas de ça.

Le matelot parle sans quitter des yeux sa route et les appareils. Il s'interrompt pour répondre au second à chaque mouvement qu'il imprime à la barre. Un moment de silence s'installe avec le miaulement du vent dans les antennes et les coups de bélier de la mer qui ébranlent la coque et font vibrer le château.

— La barre à gauche trente ! lance le second.
Le Toscan très calme dit :
— La barre est à gauche trente.
Puis, sur le même ton il enchaîne :
— Je suis fiancé, commandant, je ne veux pas mourir.

Bernier va répliquer lorsque la carrure monumentale d'Antonio Reni s'encadre dans la porte. Le commandant se dirige vers lui et le prend par les épaules. Comme il va parler, le matelot le devance. Il ne pleure pas et ses grosses lèvres se desserrent à peine :

— Je sais. Pas la peine de rien dire, commandant. Je savais déjà quand on l'a débarqué.

Méditerranée

Tandis qu'il parlait, le bosco est entré à son tour et demeure à trois pas, se tenant au rebord du meuble à cartes. Le matelot serre longuement la main du commandant et sort sans rien dire. Dès que la porte se ferme derrière lui, le front plissé, le bosco grogne :

— Tu crois pas qu'on aurait dû accepter le faux certificat ?

— Peut-être, murmure Bernier. Peut-être.

Son regard se perd au loin sur la mer grise où l'on voit courir des grains.

28.

Le vent s'est calmé alors qu'ils approchaient de Marina di Carrara. Derrière la ville, les montagnes où s'ouvrent les carrières de marbre blanc semblent avoir gardé de la neige dans chaque vallée. De nombreux blocs de pierre claire s'empilent sur les quais. Perché sur les trois piliers jaunes, le monumental pont transbordeur rouge et blanc domine la rade où les bateaux de plaisance voisinent avec les cargos.

L'entrée du *Gabbiano* dans le bassin avec l'aide des remorqueurs du port a été très facile. On leur a assigné une place au môle de Ponant où deux barges sont déjà amarrées qui, dès demain, doivent prendre en charge leur cargaison. Ce soir, c'est presque la fête à bord, bien que la capitainerie du port ait consigné l'équipage pour la nuit, jusqu'à la visite du service de santé.

Même Auguste Poilard, le minuscule mécanicien français, est monté sur l'aileron qui domine le quai où quatre carabiniers en armes font les cent pas. Poilard est le seul qui n'ait pratiquement pas été atteint. Il propose au commandant :

— Quand leur toubib viendra, vous me présentez : le phénomène Poilard. L'homme indestructible qui résiste à tous les poisons.

Et il se frappe la poitrine en dansant à la manière d'un gorille.

Tout le monde rigole. Tout le monde a envie de rire. Le seul qu'on n'ait pas vu bien qu'il ne soit pas de quart, c'est Antonio Reni. Depuis qu'il a appris la mort du mousse dont le corps restera sans doute en terre africaine, ce colosse est pareil à un enfant brisé. Quand on lui parle, il souffle seulement :

— Sa mère. Sa pauvre mère. Plus de mari, plus de fils.

La nuit tombe. Le vent achève de se calmer. Les lumières des bateaux et celles de la petite cité tremblent ; l'eau du bassin émiette leurs reflets.

29.

Un matin clair se lève. Tout miroite encore des pluies de la veille ou des moiteurs de la nuit.

Bernier, Evariste Fournon et le chef mécanicien achèvent leur petit déjeuner en écoutant un bulletin d'information en français. Le chef dit :

— Je le savais que ce paysan pouvait pas battre le record du monde.

— Ton paysan, lance le bosco, j'm'en tamponne allégrement le chibrelot.

— Toi, à part le litre...

Il est interrompu par le téléphone. Bernier décroche.

— J'y vais.

Son visage s'est assombri. Il se lève.

— Je monte. Paraît qu'il y a du grabuge sur le quai.

Ils grimpent en vitesse et traversent la timonerie déserte pour rejoindre le second, un timonier et les deux radios sur l'aileron. Des cris montent du quai qu'ils dominent de plus de cinq étages. Quand ils se penchent à la rambarde, les cris augmentent. Une bonne centaine de personnes sont là, arrêtées par un cordon de carabiniers qui les maintiennent à une trentaine de pas du rebord du quai.

Des banderoles sont brandies où, à grands coups de peinture noire et rouge, des mots ont été inscrits :

NOUS NE SOMMES PAS UN DÉPOTOIR.
ALLEZ DÉVERSER VOS ORDURES AILLEURS.
LA TOSCANE N'EST PAS LA POUBELLE DE L'EUROPE.
NON AU COLONIALISME TOXIQUE.
L'AFRIQUE N'EST PAS LA DÉCHARGE DE L'EUROPE.

Et ce sont à peu près les mêmes formules que les gens hurlent.

Le second qui a pris les jumelles est allé sur l'aileron tribord. Il revient en annonçant :

— Ça remue beaucoup du côté de la capitainerie et de la douane.

Bernier et le bosco traversent et regardent aussi à la jumelle.

— Il y a une autre manif ?
— On dirait.
— Avec d'autres slogans. J'en lis un, annonce le second. ON NE DÉCHARGE PAS LE POISON.
— C'est les dockers, pardi !
— Nous voilà dans la merde une fois de plus, hurle le bosco en se frappant du poing l'intérieur de la main.

Puis, se tournant vers le chef mécanicien qui vient les rejoindre, il ajoute :

— Je crois que tu peux chauffer tes moulins. On va pas tarder d'appareiller.

— C'est pas ces petits enfoirés d'écolos qui vont faire la loi, tout de même !

— Non, mais si les dockers sont avec eux, c'est nous qu'on va décharger la soupe à M. Guerlain ?

Le groupe des dockers, qui doit compter pas loin de cent cinquante hommes, avance sur le quai. Durant un moment, on le perd de vue. On attend. A l'angle des bâtiments, il débouche et semble s'être grossi.

— Il arrive du monde de partout !

— Putain ! On va avoir tout le pays sur le dos.

A présent, la totalité du cortège est engagée sur le môle du Ponant. Et les écologistes qui l'ont vu arriver l'acclament.

— Mille tonnerres de merde, braille le bosco, j'voudrais pouvoir embarquer cette vermine dans la cale. En route et un coup de vent force 10 ! A moi la rigolade.

Avec la chaleur de ce matin calme, l'odeur commence à ruisseler. Elle monte vers la passerelle mais elle doit couler aussi vers le quai car bien des mouchoirs sortent des poches pour s'appliquer sur des nez et des bouches. Sans que les policiers aient à pousser, le groupe recule.

— Ça va déjà les faire gueuler moins fort, observe le bosco. C'est la première fois que cette puanteur me fait plaisir.

Une voiture de police arrive avec son gyrophare et sa trompe à deux tons. La foule s'écarte. La voiture vient se ranger à vingt mètres du cargo. Personne n'en descend. Le second radio sort de la cabine des transmissions :

— Commandant, au téléphone !

Méditerranée

Bernier se précipite. En bas, il semble qu'il y ait une bagarre entre manifestants et forces de l'ordre. Un objet noir vole et tombe à la mer.
— C'est une caméra, annonce le second.
— Ils auraient dû foutre le mec avec, fait le bosco.
— T'es incroyable, toi, lui lance le chef mécanicien, on voudrait te décharger cette saloperie à ta porte, tu gueulerais pas ?
— Cette saloperie, elle vient de chez eux.
— Pas de chez ces gens-là.
— Qu'est-ce que t'en sais, face à piler les céréales !
— Ce que j'en sais, en tout cas, c'est que c'est pas les mecs qui sont là en bas que le trafic des ordures enrichit !
— Assez de forces pour vous engueuler, ça veut dire qu'on peut la traîner encore loin, la boutique du parfumeur, leur lance le second.
— Vous avez raison, observe le chef. S'engueuler entre nous quand on baigne dans la mélasse, faut être plus cons que la moyenne.
— Chef, je n'ai pas dit ça.
— Eh bien moi, je le dis !
Bernier revient et ordonne :
— Faites descendre la coupée, on a de la visite.
Les mains serrées en conque devant son gros nez, le bosco imite une voix passant par un mauvais mégaphone, et, comme s'il se trouvait sur un vaisseau de la Royale, il lance :
— L'amiral monte à bord ! L'amiral monte à bord !
Le commandant qui sortait se retourne sur le seuil pour observer :

— Tu peux jouer au gland. J'aimerais mieux que ce soit n'importe quel amiral. Entre marins, on finit toujours par s'entendre. C'est pas un amiral, c'est le commissaire de police avec des gens des services d'hygiène. Et j'aimerais assez que tu sois là en qualité de responsable de l'équipage, de même que M. Cheminard responsable de la cargaison.

30.

Un carabinier en tenue bleu-noir, coiffé d'une casquette à liséré rouge et à grenade argent, pistolet-mitrailleur sur la poitrine, monte le premier. C'est un homme dans la quarantaine qui cache son absence de sourire derrière d'énormes moustaches noires. Vient derrière lui un civil, la cinquantaine rondouillarde, le crâne dégarni et le visage plein très avenant. Il tend la main à Georges Bernier qui l'accueille en haut de l'escalier de coupée. Il parle français avec cet accent et cette voix chaude qui font rêver les femmes.

— Je m'appelle Fabio Molinari. Je suis le commandant du port. Je suis breveté au long cours.

— Capitaine au long cours Georges Bernier...

— Je sais, interrompt Molinari en souriant. Je sais tout de vous, commandant.

Il dégage le haut de l'étroit escalier branlant pour laisser avancer un homme beaucoup plus jeune et plus grand qu'il présente :

— Le commissaire Remo Zodda. Il parle français très bien.

Deux hommes arrivent alors qu'il présente comme

étant des représentants des services d'hygiène, mais sans donner leur nom et en précisant :

— Ils ne parlent pas français. Ils parlent anglais, mais ça ne fait rien, nous nous entretiendrons en français. J'aime tellement votre langue.

Il a une manière de prononcer ces mots qui laisse entendre qu'avec lui, tout devrait s'arranger aisément. Bernier présente le bosco et le second et propose de se rendre au carré des officiers qui est plus vaste que son bureau. Molinari approuve mais dit en désignant les gens de l'Hygiène :

— Pendant que nous discuterons, s'ils pouvaient jeter un coup d'œil à la cargaison.

— M. Cheminard va les accompagner.

Le second s'éloigne avec les deux hommes, Molinari et Zodda suivent Bernier. Le bosco dont les paupières rouges sont de plus en plus gonflées ferme la marche.

Au carré des officiers, ils prennent place tous les quatre dans des fauteuils et le bosco fait apporter du café. Tout de suite, le responsable du port commence dans son français lumineux et chantant :

— Messieurs, nous sommes entre marins. (Regard vers le commissaire de police.) Même Remo qui est fils de pêcheur. Nous parlerons franc. Je ne sais pas ce que vont dire les spécialistes après avoir examiné votre cargaison, mais l'odeur qui se répand dans les rues du port laisse à penser qu'on ne va pas vers une partie facile.

Il se tait comme à court de mots et le commissaire en profite pour dire :

— Ici, les ambiantalistes sont une force... une force

politique. Et ils savent soulever l'opinion. Les dockers sont très puissants aussi. Et ils sentent que les ambiantalistes ne lâcheront pas...

Lui aussi s'arrête. Bernier qui vient de verser du café dans les tasses se rassied, pose la cafetière et déclare calmement :

— Moi, je n'ai avec moi que mon équipage malade. Et vous savez que j'ai déjà perdu un homme. Ma seule force, c'est de vous dire : je ne bougerai pas d'ici tant que mon bateau n'aura pas été déchargé.

Le commissaire fronce les sourcils, mais son compagnon garde le sourire. Aussi calme que Bernier, il explique :

— Nous nous trouvons devant un énorme problème. Il y a d'autres bateaux comme le vôtre. Tout un trafic s'est mis en place. Un réseau international de fripouilles qui ont truandé d'une part des pays du tiers monde, d'autre part de braves marins comme vous qui...

Il est interrompu par trois coups frappés à la porte.

— Oui ! lance Bernier.

Le second ouvre et s'efface pour laisser entrer les deux hommes de l'Hygiène larmoyant et suffoquant. Ils demeurent un moment à se moucher et à se tamponner les yeux, puis, comme obéissant à un signal donné, ils se mettent à parler. Ils le font en italien et à une vitesse incroyable. Leurs propos se chevauchent, leurs gesticulations ont l'air d'un numéro de duettistes parfaitement réglé et qui pourrait durer des heures. Il se prolonge d'ailleurs un bon moment, puis, toujours comme soumis à un signal, il s'arrête. Le silence paraît étrange.

Fabio Molinari hoche la tête. Son regard qui semble assez étonné va de Bernier au bosco puis au second qui, lui aussi pleure dans son mouchoir.

— Avez-vous compris ce qu'ils ont dit ?

C'est le bosco qui répond en italien :

— Je n'ai pas saisi absolument tous les mots...

En français, le commandant du port intervient :

— Pour vous dire la vérité : moi non plus.

Ils se mettent à rire et les duettistes rient avec eux.

— Mais enfin, poursuit le bosco, ce que j'ai compris, c'est qu'ils n'ont pas l'air décidés du tout à accepter nos richesses sur leurs quais !

— Tout de même, lance Bernier avec un peu de colère dans la voix, le propriétaire du bateau...

Le commissaire lève la main.

— Justement, commandant, il n'y a plus de propriétaire.

Fabio Molinari prend le relais pour expliquer en agitant ses mains rondes où brillent trois grosses bagues :

— Mon cher collègue, si la situation n'était pas quelque peu tragique, je rigolerais en vous disant : En quelque sorte, ce bateau est à vous. Bateau et cargaison.

— Ah merde ! crie le bosco, beau cadeau !

— S'il est à moi, déclare Bernier, je le mets en vente aux enchères. L'argent qui restera une fois payé l'équipage ira à une œuvre de votre pays.

Un silence épais coupé de reniflements s'installe.

— A une œuvre, souffle le bosco, et à la mère du mousse que nous avons laissé en route !

31.

Les visiteurs ont quitté le *Gabbiano* en déclarant que les autorités du port aviseraient. Le commandant Bernier a répété sans colère, mais avec beaucoup de fermeté :

— Vous pouvez m'empêcher de quitter ce bateau, mais je n'appareillerai pas tant qu'il n'aura pas été déchargé.

Les gens de l'Hygiène ont promis :

— Nous allons revenir avec des combinaisons et des masques pour pouvoir descendre dans la cale et effectuer des prélèvements pour les analyses.

Le carabinier à grosses moustaches resté en haut de l'échelle de coupée s'est écarté d'un air très martial, le menton haut et l'arme collée à la poitrine pour les laisser passer.

Ils descendent. En bas, un autre carabinier les salue. Cependant le salut le plus ample vient de plus loin. Aux écologistes et aux dockers, se sont joints d'autres groupes. Les banderoles s'agitent. On dirait une grande fête de village, mais les clameurs montent, de plus en plus menaçantes. Au bout du quai, à l'entrée de la ville, sont arrêtés des camions militaires. Des fantassins sont arrivés pour renforcer les forces de l'ordre. De la rue qui prolonge le môle du Ponant, débouchent à présent des enfants en rangs qui, eux aussi, brandissent des pancartes.

— Vérole, lance Auguste Poilard, si on a même la maternelle sur le dos, on est foutus. Est-ce qu'ils ont un zoo, dans cette charmante bourgade ? Y pourraient nous lâcher les fauves !

Un matelot grec crie en anglais :

— Moi, je dis qu'on devrait brancher les pompes à incendie, je parie que le quai serait vite nettoyé.

Presque tout l'équipage se trouve là. Des voix s'élèvent pour soutenir cette idée. Bernier fait un geste de la main et, parlant lui aussi en anglais pour que tout le monde le comprenne, avec beaucoup de fermeté, il explique :

— Nous sommes sous pavillon étranger. Nous avions un armateur italien, nous ne savons plus ce qu'il est devenu. Nous ne pouvons rien exiger ici. Je compte sur vous pour que tout se passe sans violence, même si nous ne pouvons pas décharger dans l'immédiat.

Il y a quelques murmures qui s'apaisent très vite. Le commandant fait des yeux le tour des visages. Tous portent la marque du mal mystérieux. Les yeux sont rouges et larmoyants, les paupières plus ou moins enflées, la peau est souvent couverte de cloques pareilles à des brûlures ou griffée. Car les hommes passent leurs nuits à se gratter. Certains ont très peu dormi depuis plus de huit jours. Le seul qui ait véritablement échappé à tout est le graisseur Auguste Poilard. Ce qui fait dire au bosco :

— Celui-là, grignet comme il est, y a pas une maladie qui ait de la prise sur lui. L'est tellement petit que les microbes passent à côté de lui sans le voir !

Bernier lance :

— Allons, chacun son poste ! Vous savez très bien que je n'ai pas plus envie que vous de prendre racine sur ce bateau. On va s'en sortir vite. Ne vous en faites pas.

Une heure passe, durant laquelle Bernier et le second demeurent dans la timonerie, sortant de temps à autre sur l'aileron pour mieux voir ce qui se passe en bas. La foule de plus en plus nombreuse est maintenue à distance par les carabiniers. Le soleil très dur ne semble avoir découragé personne. On voit seulement des groupes serrés qui ont reflué jusqu'aux premiers bâtiments pour en rechercher l'ombre. Très loin sur la gauche, par-delà une murette de ciment où des gens sont assis, on vient d'élever une toile de tente blanche à larges raies bleues.

— Y foutront pas le camp de sitôt, remarque le second. Ils finiront par construire en dur !

— Vous savez, ceux que l'autre appelle les ambiantalistes sont des coriaces.

— L'écologie, mon pauvre ami, c'est un fanatisme. Bon ou mauvais, il est comme tous les fanatismes.

Le grand Breton soupire. Il explique de sa voix toujours égale :

— Je n'ai pas vécu la marée noire, mais mon père y était. Ça l'a marqué profondément. On peut comprendre que des gens aient peur de certains aspects de la vie d'aujourd'hui.

Bernier qui est adossé à la console se tourne vers lui. Le long jeune homme au visage grave se tient légèrement voûté, les bras croisés.

— Alors, fait Bernier, est-ce que le monde va crever de ses ordures ?

— Il y a des moments où on peut se le demander.

Il hésite un moment avant d'ajouter, d'une voix dure :

— C'est vrai que le monde est plein d'ordures, mais je commence à penser que le bosco a raison quand il prétend que les plus puantes sont les hommes !

32.

Il était dix-sept heures vingt-trois, quand l'ordre est arrivé par radio :
« Cargo *Gabbiano*, demain vous sera assignée une destination pour votre cargaison. Dès à présent, vous devez quitter la rade et vous tenir à deux milles de la côte. »

Immédiatement, un remorqueur s'est présenté pour sortir le cargo du port. Bernier avait obtenu des autorités la promesse formelle que, dès le lendemain, un médecin leur rendrait visite et qu'une barge les ravitaillerait en produits frais et en eau douce.
A vingt et une heures, alors qu'il venait de passer les consignes au second et de regagner sa cabine, le commandant était appelé par le bosco :
— Arrive, Ronconi est très mal.
Sergio Ronconi que deux de ses camarades venaient d'apporter à l'infirmerie avait quarante et trois dixièmes de fièvre.

A présent, il est vingt-deux heures et Bernier quitte l'infirmerie :

— J'ai fait ce que j'ai pu.
— Il est vraiment mal, observe le bosco.

Bernier s'arrête, le regarde intensément et ordonne :

— Viens chez moi !

Ils gagnent sa cabine. Le commandant désigne son fauteuil au bosco et s'assied sur sa couchette. Son regard ne quitte pas les yeux boursouflés du maître d'équipage qui semble mal à l'aise.

— Il n'a aucun signe de forte dermatose. Pas de nausées très violentes. Eruptions cutanées, rien de plus que la plupart des autres. Conjonctivite, dix fois moins que toi.

Le bosco l'interrompt :

— Où veux-tu en venir ?
— T'as dû comme moi, durant ton temps dans la Royale, connaître des types qui se foutaient une fièvre de cheval avec des saloperies pour se faire porter pâles ?
— J'en ai connu quelques-uns, oui.
— Alors ?

Le bosco hésite et répond en hochant sa grosse tête couleur tomate :

— C'est pas impossible.
— Mais quoi ?

Ils se sondent encore du regard et, sans que le commandant ait à l'interroger, Evariste fait :

— Non. Honnêtement, je sais rien... Et comme un vieux con, je te jure que j'y avais pas pensé.

Il marque un temps. Il a fermé complètement les

yeux, sa trogne est vraiment une boule de chair à vif. Il rouvre les paupières et se lève pour décrocher le téléphone.

— Est-ce que Boussardon est là ?... Réveillez-le et envoyez-le de toute urgence chez le pacha. Je l'attends.

Il raccroche et le commandant interroge :

— A quoi tu penses ?

— A ce qu'il a pu prendre pour se foutre une fièvre pareille en moins de deux plombes. Y t'avait demandé à débarquer ?

— Oui, et même sans paie.

— A moi aussi. Qu'est-ce que tu veux, voilà un mec qui a une souris dans la peau. Il la sent à moins d'une heure d'ici. Y se dit : Deux jours d'hosto et à moi la nana. A Grosseto...

Il se frappe du poing l'intérieur de la main.

— Putain, si ce petit salaud a...

Trois coups timides à la porte.

— Entre ! crie le bosco en bondissant de son siège pour se planter devant le cuisinier terrorisé qui bredouille :

— Que... qu'est-ce que...

— Ecoute-moi bien, grande bringue, tu vas me dire la vérité ou je te jure que tu revois jamais la Promenade des Anglais. Ronconi est allé te trouver après l'appareillage ?

L'air ahuri, le long fifrelin demande :

— Sergio Ronconi ?

— Oui, hurle le bosco. J'en connais pas d'autre !

Le cuisinier fait oui de la tête.

— Qu'est-ce qu'il voulait ?

— De quoi faire une vinaigrette.
— Qu'est-ce que tu lui as donné ?
— Ben, ma foi, du vinaigre, de l'huile, de la moutarde, du poivre, du...
— La vache, fait le bosco, y s'est foutu un sacré mélange. Ça avec de la cendre de cigarette et je ne sais quelle saloperie. Peut-être de la térébenthine, va savoir !

Il se tourne de nouveau vers le cuisinier qui a l'air d'un étrange têtard avec ses yeux énormes et son visage enflé sur un corps filiforme.

— Et tu t'es même pas demandé ce qu'il voulait becter avec une vinaigrette ?

— Y m'a dit qu'il avait une boîte de thon.

Le bosco hausse les épaules.

— Pauvre bille, va !

Il se tourne vers Bernier qui semble parfaitement calme.

— Pas la peine d'aller le secouer pour le moment. Il est ensuqué.

Le commandant se lève pour quelques pas. Une houle assez forte fait tanguer le cargo que l'homme de veille maintient face au large. Un moteur tourne au ralenti. Après deux ou trois allers-retours dans cet espace restreint, Bernier déclare :

— J' veux tout de même l'examiner pour voir s'il a absorbé sa mixture ou bien s'il s'est piqué avec. C'est pas la même chose.

Le bosco empoigne le cuisinier par son bras gros comme une patte d'araignée. Il le secoue un peu en maugréant :

— Va te pieuter, grande ficelle. Et tâche de fer-

mer ton clapet. J'veux que personne entende parler de cette histoire. T'as compris, clinquet ? Personnel !
— J'ai compris.
— Et quand des types voudront faire de la tambouille, envoie-les chez moi, j'leur donnerai ce qu'y faut. A grands coups de pompe dans les meules.

Comme le cuisinier sort, le bosco allonge un magistral coup de semelle à son pantalon bleu vide de fesses.

33.

Quand ils arrivent à l'infirmerie, le commandant et le bosco trouvent le jeune Toscan endormi.

— Laisse-le roupiller, dit Bernier, on réglera ça demain.

— Non. J'ai pas envie qu'y remette la gomme. Si y sent que ça va mieux, il est foutu de repiquer au truc.

Il s'approche de la couchette et secoue le matelot qui se dresse, l'air complètement égaré.

— Joue pas au gland, tête de lard !

L'autre le fixe comme s'il venait de voir apparaître le diable. Le bosco lui parle en italien.

— T'as fait le couillon. Avec des vieux renards ça marche pas. Lève-toi !

L'autre s'ébroue et s'assied au bord du lit. Il est complètement nu et cache son sexe avec sa main gauche tandis que la droite fourrage dans son épaisse toison noire.

— Tu t'es piqué ou t'as bu ?... Allez, réponds.

Le garçon se tourne légèrement sur le côté et montre sa cuisse gauche où se voit une large enflure rouge.

— Piqué, souffle-t-il.

— Si tu te paies un phlegmon, c'est moi qui vais te l'ouvrir. Avec mon Opinel. A la tienne, mon gars. Tu vas jouir, j'te le promets.

L'autre fronce les sourcils comme s'il avait du mal à comprendre. Un pli sévère barre son front bas. D'une voix qui étonne chez cet être toujours doux, il lance :

— Vous avez pas le droit. Vous devez me faire hospitaliser. Y a déjà un mort, je vous...

Un revers magistral lui arrive sur la bouche. Son regard se charge de davantage d'étonnement que de colère. Tandis que le commandant retient le bosco furieux, le garçon dit d'une voix étranglée :

— Ça non plus, vous avez pas le droit. On n'est plus au Moyen Age. Y a des lois...

Le maître d'équipage semble avoir repris son sang-froid. D'une voix encore dure mais qui ne tremble pas de la même manière, il réplique :

— Tu oublies, mon petit, que nous sommes dans une situation de crise. Si un homme fout la merde, c'est la merde pour tout l'équipage.

Le garçon se tamponne la lèvre avec un coin du drap qui se marque de rouge.

— Ça, c'est rien. Allez, regagne ta couchette.

— Je peux pas rester là ?

— Non, l'infirmerie, je vais la boucler à clé. Puisque certains veulent jouer les fakirs avec les seringues, mieux vaut se méfier.

Le matelot se lève lentement. Sa démarche semble mal assurée.

— Comment te sens-tu ? demande Bernier.

Cargo pour l'enfer

Le garçon se tourne vers lui. Ses yeux rouges ont retrouvé leur bon regard chaud. Il a un hochement de tête et dit avec une ébauche de sourire :

— Ça va aller, commandant. Merci.

Et il sort en se cachant les fesses avec sa chemise et son pantalon.

34.

Six heures. Bernier a pris le quart. Le vent a viré durant la nuit. Il vient à présent du sud et étire des vagues blanches d'écume sur une respiration de houle assez lente. Le *Gabbiano* se tient face au vent, si bien que c'est par bâbord que le commandant peut regarder la côte s'éclairer de feu et de taches violettes ou bleues. Il écrit quelques lignes sur son journal de mer :

« Au large de Marina di Carrara. Nuit calme après le petit problème posé par le matelot Ronconi qui se sent tout près de Grosseto d'où il vient. J'attends une heure encore avant de rappeler la capitainerie du port pour être ravitaillé et savoir où nous devons aller décharger. »

Par désœuvrement, Bernier a pris les jumelles et observe la côte, vers le nord. Il vient de reposer les jumelles lorsque la porte de l'escalier s'ouvre. Antonio Reni, qui fait fonction de maître d'équipage lorsque le Niçois se repose, entre en trombe. Ses énormes épaules sont comme une bouée prise par la tempête.

— Commandant ! Ronconi est parti !

— Quoi ?

— À la nage. Cette nuit. Il a laissé pendre un bout à la rambarde, à l'avant. Je le cherchais partout. C'est Parmakelis qui vient de voir ce cordage qui avait rien à faire là.

Machinalement, le regard du commandant parcourt la mer entre le bateau et la côte. De nombreuses barques de pêcheurs vont et viennent.

Aidé par deux remorqueurs, un pétrolier sort de la rade. Les vitres de son château lancent des éclats de lumière que reflètent les vagues.

— Sûrement bon nageur, dit Reni dont l'énorme poitrine se soulève à un rythme précipité.

— Allez me chercher le bosco sans ameuter le reste de l'équipage, demande Bernier.

Le matelot disparaît. Bernier prend les jumelles et fouille la mer. L'homme de barre est un autre matelot italien. Il dit :

— Commandant, si des pêcheurs l'ont vu, ils l'ont pris à leur bord, c'est certain.

Il hésite un peu avant d'ajouter :

— Moi, je ne suis pas assez fort nageur, je n'oserais pas. Mais si ça continue, d'autres le feront, commandant... Sûr. D'autres le feront.

Il hésite de nouveau, regarde ses cadrans, puis la mer devant la proue, puis le commandant, avant d'ajouter :

— On veut pas crever là, commandant. Tout le monde dit ça. Tout le monde.

— Moi non plus, j'en ai pas envie. Seulement...

Le maître d'équipage entre. Il est plus rouge que

jamais. On dirait que ses paupières vont éclater. Son regard filtre par une fente à peine perceptible. Il grogne :

— Ce petit salaud nous a faussé compagnie. Qu'est-ce qu'on fait ?

— Qu'est-ce qu'on peut faire ?

— Le chercher avec une chaloupe, ça n'a aucun sens...

Du geste il désigne la mer où les bateaux de pêche rentrent vers les ports.

— On le chercherait qu'on ferait rigoler tous ses copains. Tu parles que si un de ceux-là l'a ramassé, il est déjà pagé avec sa dulcinée. Faut prévenir.

— C'est fait. J'ai signalé aux autorités du port.

— Ils ont réagi ?

— Pas encore.

Comme s'il n'avait attendu que cette question, l'officier radio sort de son local et vient mettre une feuille de papier sous les yeux de Bernier qui lit et déclare :

— Je m'y attendais : « Eloignez-vous d'un mille de plus. »

La colère le soulève. D'une main rageuse, il froisse le papier et crie :

— J' m'en fous. Je bouge pas d'une brasse.

A l'homme de barre il ordonne :

— Comme ça !

Puis il fonce vers le local des transmissions derrière l'officier radio.

— Appelez-moi la capitainerie !

Le bosco le suit lentement. Il vient de tirer de sa

poche des lunettes noires qu'il pose sur son énorme nez. Ainsi, son visage fait penser aux plus effrayants masques de carnaval.

Le radio manipule ses boutons un bon moment avant de dire :

— Toutes les fréquences sont prises.

— Dès que vous l'avez vous m'appelez.

Il sort en faisant signe au bosco de le suivre. Ils traversent la timonerie et gagnent l'aileron tribord où personne ne se tient. Avant même qu'il ait prononcé un mot, le bosco lance :

— Te fatigue pas. Je sais. J'me suis conduit comme une brute, c'est à cause de moi que ce pauvre petit gars s'est tiré. Qu'est-ce que tu veux? Que j'saute à la baille pour aller le chercher? Tu devrais être content qu'y se soit fait la valoche, t'étais parti pour le chouchouter !

Le maître d'équipage a parlé avec une violence qui semble avoir surpris le commandant dont le visage s'est fermé soudain. Il se tourne vers le large. Tout en lui paraît respirer une espèce de bouillonnement. Il doit lutter contre sa propre colère. Le bosco qui s'est adossé à la rambarde essuie longuement les verres de ses lunettes noires. Il les lève vers le ciel et les scrute de ce regard pareil à une lame très fine entre les paupières dont la tumescence semble avoir encore augmenté. Des cils sont collés entre eux par une humeur jaune qui, à certains endroits, forme comme une croûte. Le commandant recule d'un pas et se tourne vers le bosco :

— Evariste, y a trop longtemps qu'on se pratique,

tous les deux, pour que ça finisse mal. Mais reconnais qu'il y a des fois où t'es un sale con.
— Je reconnais. T'es content, hein ?
Bernier fait oui de la tête avec un sourire triste.

35.

Dès après la chute du vent, une chaleur épaisse, poisseuse, palpable s'est assise sur le golfe pour écraser la mer. Les vagues sont mortes, la houle ne respire plus qu'avec une infinie lenteur.

La journée s'éternise pour les hommes du *Gabbiano* qu'enveloppe un édredon de puanteur. Vingt fois, Bernier a appelé la capitainerie qui prétend être en rapport avec le nouveau propriétaire du cargo et de sa cargaison.

Aux demandes de ravitaillement en fuel, en eau douce et en nourriture fraîche, la réponse est toujours la même :

— Pouvez-vous payer ? Non. Alors, qui va payer ?

Il est dix-sept heures. Les hommes sont morts de cette fatigue qui assomme des gens habitués à l'action dès qu'on les oblige à l'immobilité.

Le commandant est dans le carré des officiers avec le chef mécanicien et le bosco lorsque le téléphone sonne. C'est le maître d'équipage qui décroche.

— Oui... Passez-le-moi... D'accord.

Il tend le combiné gris à Bernier.

— Capitainerie. C'est à toi qu'ils veulent parler.

Bernier se présente et, aussitôt, son visage se décompose.

— Vous êtes certain ?... Comment savez-vous que c'est lui ?

Le commandant hoche la tête. Puis il dit presque à mi-voix :

— Oui... Bien entendu... Entendu.

Une charge énorme pèse soudain sur ses épaules. Il se donne le temps de reposer lentement l'appareil sur son socle, puis, les regardant tour à tour comme s'il venait de découvrir leur présence, il souffle :

— Ils viennent de le retrouver... mort.

— Bon Dieu ! grogne le bosco.

— Habillé mais pieds nus. Il avait ses papiers dans sa poche. Bien au sec dans une enveloppe de plastique collée avec du sparadrap... ses papiers et son argent.

La sueur inonde son visage. Des gouttes perlent sur sa barbe. Sa chemise colle à sa poitrine et sur son dos. Il se tourne un instant pour regarder la mer par la vitre devant laquelle le rideau est tiré à moitié. Les autres demeurent silencieux. Bernier dit :

— Il faut que l'un de vous vienne avec moi reconnaître le corps.

Le bosco se lève tout de suite :

— Je vais me changer et je t'accompagne.

Il sort. Son pas est lourd et son dos plus voûté que d'habitude. Dès que la porte est refermée, le chef observe :

— J'aurais peut-être dû vous accompagner. Il se croit responsable.

— Personne n'est responsable.

Le chef se lève en disant :
— Je vais dire au second de vous faire préparer la chaloupe. Qui faut-il désigner pour vous mener ?
— N'importe, mais pas un Italien.

36.

Le moteur de la chaloupe est loin d'être neuf, ils ont dû besogner une bonne demi-heure pour le mettre en route. C'est Thânos Parmakelis, le second mécanicien, qui y est parvenu. Ancien pêcheur, il connaît bien ces petits moteurs. Comme on redoute une panne, c'est lui qui mène le commandant et le bosco à terre. Tout le reste de l'équipage les a regardés embarquer et s'éloigner sur cette mer d'huile. Dans les regards, se lisait de la tristesse, de l'envie, surtout beaucoup d'ombre.

La fin d'après-midi s'embrume de cette chaleur qui arrache à la mer une vapeur visqueuse.

Dès que l'embarcation a parcouru un quart de mille, le bosco remarque :

— Putain d'odeur, on l'a tellement dans le blair que quand on y échappe elle vous manque.

Parmakelis dont la grosse tête déjà joufflue d'habitude a encore augmenté de volume dit d'une voix sourde, dans son anglais un peu curieux :

— Y en a déjà deux qui s'en sont évadés définitivement. A qui le tour ?

Cargo pour l'enfer

Les deux autres font comme si la pétarade du petit moteur poussif les avait empêchés d'entendre.

Dès que leur embarcation a laissé sur bâbord la bouée qui marque la pointe de la digue foranea, elle vire à gauche pour doubler le fanal planté à l'extrémité du môle du Levant. Alors qu'ils obliquent à droite pour piquer vers le fond du bassin, des gens se mettent à courir. Ils les voient entre les bateaux amarrés dont certaines superstructures masquent en partie les bâtiments du port.

— Ces cons sont foutus de nous cogner dessus, grogne Evariste.

Le gros Parmakelis ralentit le régime de son moteur :

— On peut pas aborder près de ces fous.

— Avancez toujours, ordonne le commandant, il y a des flics et des militaires.

La petite embarcation se glisse entre les hautes coques sombres de deux cargos vides. Quand elle débouche le long du quai, des carabiniers sont en train de repousser les manifestants dont le nombre a considérablement diminué. Aux pancartes qu'ils avaient déjà vues, se sont ajoutées des banderoles où l'on peut lire :

HALTE À LA PESTE.
PESTE DU SIÈCLE DU PROGRÈS.
MORT AUX EMPOISONNEURS DE LA TOSCANE.

— Parmakelis, vous restez là.

Le gros n'a pas l'air très rassuré. Pourtant, les carabiniers maintiennent les gens à bonne distance.

Méditerranée

Deux gradés dont la casquette porte la grenade d'or accompagnent le commandant et le maître d'équipage jusqu'à la porte des bureaux du commandant du port. Les bâtiments sont gardés par des militaires.

Fabio Molinari est toujours flanqué du commissaire Zodda. Deux autres hommes sont là également, que le commandant du port présente comme des conseillers de la commune de Marina di Carrara.

Le bosco pose par terre un sac de marin qu'il a apporté et une petite mallette en similicuir fauve. Il dit en italien :

— Ce sont les effets personnels de ce malheureux garçon.

Un des conseillers grogne :

— Malheureux, oui. Et malheureux aussi les siens. Nous n'avons pas voulu prévenir sa famille avant que vous ayez reconnu le corps.

— Si vous voulez bien, nous irons tout de suite.

Molinari se dirige vers la gauche de son bureau et ouvre une porte en disant :

— Excusez-moi, je passe devant pour vous montrer le chemin.

Un couloir étroit, mal éclairé, fait deux coudes successifs avant de déboucher sur une vaste pièce où sont empilés des cartons verts qui doivent contenir des archives. Nul ne souffle mot. Les pas sur le sol sont le seul bruit. Quelque chose d'indéfinissable tend intensément l'air chaud et humide où stagne une odeur de moisi.

Au fond de cet antre, une porte donne accès à une

petite pièce où ronronne un appareil de climatisation. Dans un angle, une montagne de caisses, en face, des bouteilles empilées, au fond, contre le mur de pierres luisantes de salpêtre, une civière posée à même le sol pavé de larges dalles humides. Sous un drap blanc, un corps se devine. Le commissaire de police le découvre jusqu'à la taille. Les mains sont jointes et un chapelet noir les entoure. Le visage blême semble presque détendu. Le garçon a l'air moins malade que dans les heures qui ont précédé son départ.

Tous les hommes se signent. Ils demeurent un moment immobiles et silencieux. Puis, à mi-voix, le commissaire Zodda demande :

— Alors ?

— Oui, c'est bien lui, souffle Bernier.

Le bosco se borne à faire oui de la tête. De grosses larmes coulent de ses paupières gonflées sur ses joues dont la peau est à vif.

Le commissaire remet le drap en place :

— Nous allons pouvoir aviser ses parents.

Alors qu'ils sortent, au moment où le directeur du port éteint l'ampoule et tire la porte, le bosco murmure d'une voix toute gonflée de sanglots :

— Pauvre petit gars... Pauvre petit gars.

Ils vont jusqu'à la vaste salle qu'il faut traverser. Là, le commandant Bernier s'arrête et se retourne. En deux pas, Molinari est sur lui. Ils se dévisagent un instant. Les autres se sont arrêtés aussi. Dans ce local vaste et peu encombré, les pas et les voix trouvent des échos très sonores. Bernier demande :

— Est-ce qu'on va attendre d'autres drames avant de prendre une décision ?

Molinari traduit la question, et le plus âgé des conseillers affirme :

— Demain matin nous serons fixés.

37.

Dix heures le lendemain, un message arrive de la capitainerie du port :

« Des tractations sont en cours entre notre gouvernement et le nouveau propriétaire de votre bateau. Vous êtes autorisés à venir mouiller au sud du môle du Levant, à condition que vous vous teniez à plus de deux cents mètres des quais. Que personne ne descende à terre sans autorisation des autorités du port. Salutations. Fabio Molinari. »

Bernier donne l'ordre de mettre l'équipage aux postes de manœuvre et d'entreprendre l'approche. Puis il va répondre au message :

« Merci de votre autorisation. Où en est la question du ravitaillement ? »

La réponse ne se fait pas attendre :

« Le ravitaillement sera assuré dès que nous saurons qui va payer. »

Quand le bosco prend connaissance de ce message, il grogne :

— Nous sommes des lépreux. Des pestiférés... Nous sommes des épaves que tout le monde voudrait repousser au large. Mais les pestiférés, on les nourrissait.

Le *Gabbiano* a à peine amorcé son changement de cap pour s'approcher de la rade, qu'un hélicoptère vient le survoler. Quelques minutes plus tard, une vedette de la police maritime s'approche et se tient à quelques brasses. Un gros canot à moteur hors-bord vient tourner autour du cargo. A son bord, se trouvent trois photographes et un homme qui filme avec une assez grosse caméra. Une femme observe avec des jumelles.

— Celle-là, gueule le maître d'équipage, si elle veut voir mon cul, j'vais la satisfaire tout de suite !

Comme il se dirige vers l'aileron tribord, Bernier l'arrête.

— Reste tranquille. Leur donne pas d'autres raisons de nous maudire, va !

— En tout cas, faudra pas rater leurs informations à la télé. On risque d'avoir la cote !

Ils approchent lentement et, comme ils vont atteindre le point limite, un haut-parleur placé sur la vedette de la police leur crie :

— *Gabbiano,* stoppez et mouillez une ancre. Stoppez et mouillez où vous êtes !

Bernier rentre et ordonne :

— Machine arrière trente.

Il attend avant d'ajouter :

— Stoppez la machine et préparez-vous à mouiller.

Plusieurs barques de pêche et des petits bateaux de plaisance s'approchent. La vedette de police va leur intimer l'ordre de rebrousser chemin. Des carabiniers ont formé un barrage à l'entrée du môle du Levant, à l'endroit où se situe le premier poste de ravitaillement en eau douce. Comme des porteurs de banderoles essaient de déborder ce barrage en passant par les enrochements, il y a une course. Une poursuite et des appels de haut-parleur, puis une courte bagarre. Une banderole est saisie et mise en pièces, plusieurs personnes sont emmenées vers les véhicules de la police. Les officiers du *Gabbiano* et les hommes d'équipage que leur service ne retient pas à l'intérieur regardent en silence. Ils sont écrasés, comme si l'air autour d'eux était de plus en plus irrespirable.

38.

A MIDI, les officiers dans leur carré comme les matelots dans leur réfectoire sont devant les écrans des téléviseurs. Ils n'ont pas à attendre longtemps. Le journal commence par leur présence au large de Marina di Carrara. On montre le *Gabbiano* approchant du môle du Levant. On voit évoluer la vedette de la police. La caméra balaie aussi le quai et, en assez gros plans, suit l'échauffourée opposant policiers et manifestants. La journaliste commentatrice explique que le cargo et son chargement empoisonné n'appartiennent plus à personne.

— A bord, dit-elle, tout l'équipage est atteint de maladies mystérieuses. Deux matelots italiens sont déjà morts. Un autre a été laissé dans un état désespéré à l'hôpital de Tunis.

Elle donne leurs noms et précise d'où ils étaient.

— Mais nom de Dieu! hurle le bosco, dis-le donc, qu'il y en a un qui s'est noyé!

Puis il se tait. Son visage s'est fermé d'un coup. Et c'est le chef mécanicien qui grogne :

— Les salauds... les salauds!

Le second, pourtant toujours calme, grince d'une voix tranchante :

— Vous verrez qu'ils nous ordonneront de lever l'ancre sans nous avoir ravitaillés.

— Je m'en fous, déclare Bernier, impossible de partir : plus une goutte de fuel.

— Ces fumiers mériteraient que cette nuit, on foute la cargaison à la mer devant leur rade.

Bernier serre les poings. Ses lèvres se pincent.

— Oui, ils le mériteraient. Mais ceux qui le méritent le plus ne seraient pas emmerdés... Et puis, qui d'entre nous oserait le faire ?

39.

Après-midi terriblement tendu. La radio et la télévision ont attiré énormément de monde. Il en vient par la mer comme par la terre.

— C'est vendredi, remarque le second, demain, ce sera pire.

— Si seulement on pouvait faire payer l'entrée, grogne le bosco.

Les carabiniers ont été renforcés par un bataillon d'infanterie qui campe aux limites de la cité. La vedette de la police n'est plus seule pour patrouiller et empêcher les curieux d'approcher. Trois petites unités de la marine de guerre montent également la garde. Au large, un aviso et un escorteur sont immobiles, comme endormis sur la mer très calme. A cause du soleil et de la chaleur, du ciel bleu et de cette foule, on a l'impression qu'une grande fête se prépare.

Il y a également beaucoup de curieux sur les plages des environs.

A bord du *Gabbiano*, c'est la consternation. Tout le monde regarde. Les visages qui portent tous la marque du mal sont tendus à l'extrême.

— Alors quoi ? On va crever là ? Comme des bêtes ?

— Qu'est-ce qu'on a fait au bon Dieu pour mériter ça ? Rien. Rien de rien !

Les matelots italiens ont eu une idée. Pour répondre aux banderoles des manifestants, ils ont pris deux draps qu'ils ont cousus l'un au bout de l'autre. Avec de la peinture noire et rouge, ils ont écrit, en caractères énormes :

ON EST DES MARINS. DES HOMMES COMME VOUS. ON A SOIF. ON A FAIM. ON VEUT DESCENDRE À TERRE. AIDEZ-NOUS.

Ils ont déployé cet écriteau contre le bastingage où ils le cousent avec de la ficelle. La lecture de ces phrases provoque, dans la foule et sur les bateaux, des réactions qui ne sont sans doute pas unanimes, car des bagarres éclatent et, de nouveau, la police doit intervenir. Plusieurs bateaux cherchent à forcer le barrage. Sur l'un d'eux, un écriteau est brandi par deux jolies filles en maillot de bain. On y lit :

ON VEUT VOUS AIDER. LES FLICS SONT CONTRE NOUS.

La vue de ces filles semble ramener une étincelle de joie dans le regard des marins du *Gabbiano*. Le bosco se hâte de l'éteindre d'un mot :

— A voir leur barlu, c'est des gonzesses pleines aux as. C'est pas d'la souris pour vos pommes. D'ailleurs, regardez les gueules que vous vous payez, faudrait que des nanas aient vraiment de l'appétit !

Le petit bateau blanc dont les vitres et les nickels lancent des éclats de lumière ne cesse d'aller et venir à la limite permise par la vedette policière. Il fait danser les autres barques et fend ses propres vagues avec des gifles rudes et des éclaboussements d'écume. Le vent de la vitesse fait flotter les cheveux des deux filles. Un marin soupire :

— Quand j'pense que je pourrais être mataf sur un engin de cet acabit, même si on me faisait cirer les pompes des greluches, je vous jure que j'hésiterais pas.

— Ben moi, rétorque un autre, même si on me disait : Tu vas leur nettoyer leurs godasses avec ta langue, j'marcherais tout de suite.

Et ils s'embarquent en pleine folie. Tous acceptent les plus honteuses besognes pour pouvoir quitter le *Gabbiano* et prendre du service sur un navire de plaisance.

A la fin, exaspéré, Auguste Poilard leur lance :

— Bande de sauteurs ! Vous avez tous des tronches de larbins. J'croyais la race des marins plus fière que ça. Vous boufferiez la merde des riches pour avoir le droit de renifler le slip de leurs morues ! Vous m'écœurez, tiens !

Il lance à la mer un long fil de salive et s'éloigne en roulant ses épaules fluettes exactement comme s'il pesait cent vingt kilos. Les autres le laissent s'en aller, puis un Grec dont le visage et les mains enflés sont en sang à force d'être grattés grogne :

— Sais pas ce qu'il a, ce putain de Français, on dirait qu'y a pas un microbe qui veut de lui.

— Ça viendra, promet un autre, et ce sera pire.
— Tu dis ça comme si on était partis pour continuer encore des mois cette croisière de merde.
— C'est sûr, mon gars. Des mois si on peut tenir. De toute façon, on est tous bons pour en crever.

Les autres ne protestent pas. Ils n'en ont plus la force. Ils sont là, les coudes sur la rambarde, à regarder cette terre si proche, si semblable pour eux à un paradis et qu'on leur interdit. Avec le déclin du jour, les maisons et les arbres et les carrières de marbre se colorent lentement d'or et de rouille.

40.

Ce soir, la télévision leur consacre une bonne partie de son journal.

Deux personnes sont interrogées. Pour commencer : la mère du mousse mort à Tunis, la fiancée du matelot noyé au large de Marina di Carrara. Des larmes et des cris de douleur.

La mère ne s'en prend à personne. Elle parle de son fils unique avec émotion et conclut :

— A présent, ma vie est sans raison.

La seule chose qu'elle réclame : que le corps de son enfant soit ramené pour qu'il repose près des siens, dans la terre de ses aïeux.

La caméra s'éloigne d'elle lentement. Son image se balance un peu au pas de l'opérateur. Cette femme longue et sèche, vêtue de noir, dont les cheveux gris débordent d'un foulard noir, pleure en silence sur le seuil de sa petite maison que l'on découvre bientôt. Il y a des roses de chaque côté de la porte.

La jeune fille est toute différente. Elle se tord les mains et crie qu'on a brisé sa vie. Que les gens du *Gabbiano* sont des assassins et qu'il faut les châtier rudement. C'est une jolie rousse au visage pailleté de son. Ses grands yeux verts sont pleins de haine.

Ni chez les officiers ni au réfectoire des matelots, nul ne dit quoi que ce soit.

Les hommes ont du mal à sortir de la torpeur qui les écrase au moment où l'on montre de près les filles à demi nues qui brandissent leur calicot sur leur bateau de luxe.

A la fin de l'émission, un médecin est interrogé.

— Nul ne saurait, sans les avoir examinés sérieusement, dire de quel mal souffrent ces marins. Ce qui est certain, c'est qu'ils doivent être soignés et, le plus vite possible, tirés de cet enfer. Ce qui est tout aussi certain, c'est qu'il ne faut à aucun prix laisser décharger ici le poison que transporte ce cargo.

Viennent ensuite quelques personnes de la rue dont les propos n'ont guère d'intérêt, puis deux hommes politiques dont le discours est une salade très confuse.

— Ceux-là, lance le bosco, on sait bien ce qui compte pour eux. Leur réélection. Le monde politique est pourri ici comme en France. Tu dirais à ces mecs-là que de nous envoyer par le fond leur apporterait des voix, ils n'hésiteraient pas à ordonner le feu.

— Ce qui est affligeant, remarque Bernier, c'est qu'il doit y avoir, ce soir, pas mal de gens qui donneraient volontiers quelques lires pour nous voir couler, à condition que ce ne soit pas trop près de leurs plages.

Cette nuit, des projecteurs ont été installés qui éclairent la rade, les jetées et la partie de la côte où pourraient prendre pied ceux qui décideraient de s'évader du *Gabbiano*. La vedette de la police continue de monter la garde. Elle aussi est équipée d'un phare dont le faisceau aveuglant balaie de temps en temps le pont et le château du cargo. Sa clarté indiscrète vient fouiller jusque dans les cabines, les bureaux et la timonerie où Bernier a pris le premier quart. Le bosco est assis près de lui. Ils ont fermé la porte du local des transmissions où l'officier radio essaie de capter des émissions d'un peu partout. Ce soir, il semble que l'Europe entière ait le regard fixé sur le *Gabbiano*. Sa présence dans ce port a conduit bon nombre de journalistes à enquêter sur le problème des déchets et de leur élimination. Le gouvernement français a pris des mesures sévères pour refouler vers l'Allemagne des convois de camions livrant à des « récupérateurs » des tonnes et des tonnes d'ordures de toutes sortes. On parle beaucoup de « trafic très juteux ».

Il doit l'être, en effet, car une radio de Paris annonce qu'un chef d'entreprise propriétaire de cinquante camions s'est lancé dans une grève de la faim. On va même jusqu'à lui donner la parole, ce qui fait écumer le bosco :

— Vérole de bordel de merde ! hurle-t-il. Vous l'avez entendu, ce pourri ! On croirait un malheureux plombier de quartier à qui on a confisqué sa lampe à souder ! Des mecs qui s'enrichissent à faire pareil trafic, on devrait les fusiller. C'est à vous rendre facho, des salopards pareils. Je serais ministre, je te condamnerais ces gaziers-là à les bouffer, leurs ordures. C'est tous des potes à ceux qui nous ont foutus dans la mélasse.

Les autres le laissent aller au bout de son discours. Ils savent que seul le manque de souffle finit par l'arrêter.

Le reste des informations n'intéresse aucun de ceux qui sont là et qui, pourtant, ne semblent pas vouloir éteindre la radio, comme s'ils espéraient une nouvelle qui les sorte d'où ils croupissent.

La colère du bosco s'atténue, mais elle ne le quitte pas complètement.

Il n'a presque plus de tabac et fait durer ses mégots imbibés de salive. Bernier qui n'a jamais fumé vient de lui donner une boîte de cigares achetée en Suisse. Le maître d'équipage n'a pas encore osé l'ouvrir :

— Ça, faut le désirer un moment avant d'y avoir droit.

La vedette passe. Une lueur fait courir sur le plafond et sur les consoles les ombres des montants. Des reflets étranges et quelques éclats rapides de lumières déformés par les vitres se pourchassent et se dispersent. Le maître d'équipage attend que la nuit ait repris possession du bateau. D'une voix embuée de tristesse, il soupire :

— Celui qui m'aurait dit qu'un jour je serais une vedette mondiale, tout de même !

— S'il y avait des jeux Olympiques ou un championnat de football, t'inquiète pas, on serait vite oubliés.

Ils se taisent. On perçoit des bruits parasites et des éclats de voix venus du local radio, mais très lointains. Ils font bientôt partie de ce silence des grands cargos, toujours habité par des ronronnements, des vibrations, quelques bruits sourds montant de la mer, de la coque, de la cale ou des profondeurs où une vie mystérieuse se poursuit, une vie dont on ne sait jamais si elle tient de la veille ou d'un profond sommeil.

Dans le réfectoire des hommes d'équipage, ils sont restés cinq qui se querellent en commentant les informations diffusées par la télévision et la radio. On y a beaucoup parlé des différents paradis fiscaux où tous les grands patrons des trafics en toutes matières ont ouvert des bureaux. Avec une obstination de poivrot, Poilard qui n'a pourtant bu que sa ration de vin s'acharne :

— J'vous dis que les pires, c'est les Helvètes.

— Tais-toi donc, rétorque un Grec quatre fois plus large et plus épais que lui, les pires, c'est les Français. Y veulent donner des cours de morale au monde entier et c'est les plus voyous de tous. La France s'en tire uniquement avec le commerce des armes. En tout cas, l'Helvète qui nous a foutus dans la mélasse, y s'nomme Frattori, Giovanni Frattori, et y doit être né au sud de Rome. Comme Helvète, on fait pas mieux. J'sais pas si tu vois ce que je veux dire ?

Ils se chamaillent encore un moment tandis que les autres, comme assommés, les observent en silence, les coudes sur la table encore encombrée des assiettes, cuillères, fourchettes et verres. Des mouches en grand nombre se posent sur les restes de viande, les croûtes de fromage et les trognons de poires. La vibration des moteurs fait parfois cliqueter un couvert.

Leur querelle éteinte à la manière d'un feu qui

meurt faute de combustible, les deux hommes se taisent. Le bruit des moteurs semble plus présent. Poilard l'écoute un moment avec attention, puis, admiratif, il déclare :

— Ce putain de rafiot, c'est une ruine. Y vaut pas mieux que ce qu'il transporte. Mais tout de même, il a encore des diesels qui tournent rond.

Il laisse passer un temps puis, comme personne ne souffle mot, il ajoute :

— Faut dire qu'on s'en donne la peine !

QUATRIÈME PARTIE

Grand large

« *Au Jugement dernier on ne pèsera que les larmes.* »
                                                    Cioran

41.

Ils ont attendu douze jours.
Douze journées interminables, douze nuits sans lueur d'espoir.
Autour d'eux, entre eux, collée à leur peau comme à leurs vêtements, adhérant aux sols, aux parois du *Gabbiano* comme à tous les objets qu'il porte : la puanteur. Elle n'a cessé d'augmenter. Elle flotte partout, presque palpable, pareille à un brouillard. A force d'en être enveloppés, certains d'entre eux finissent par la voir. Elle ruisselle le long des coursives, cascade ici pour remonter ailleurs. Elle engendre ses propres courants. Immobile et comme engluant le cargo, elle semble pourtant habitée de multiples mouvements internes. Elle précède les hommes et les suit dans leurs déplacements. Le moindre de leurs gestes la soulève, la repousse ou l'attire. Elle pénètre leur organisme au point que le manque de nourriture a cessé de leur être vraiment pénible. La maigreur de certains membres de l'équipage est effrayante, d'autres, au contraire, ont le visage et le corps boursouflés, la peau tendue à l'extrême et tous

sont couverts de pustules, écorchés, griffés, sanglants.

Les regards sont vides ou habités d'une immense frayeur.

L'odeur s'étale sur la mer. Elle doit s'élever aussi car même les oiseaux évitent d'approcher le bateau maudit.

Sur les digues et les môles du port, sur les quais et les plages les plus proches, les curieux ont reflué. L'odeur isole le *Gabbiano*.

Les soldats et les carabiniers chargés de sa surveillance sont seuls à n'avoir pas reculé, mais tous depuis longtemps portent sur le visage des masques qui les font ressembler à des chirurgiens.

Douze jours qui pèsent plus lourd que des mois pour les damnés du cargo des puanteurs.

Reliés au reste du monde par la radio et deux mauvais récepteurs de télévision, ils ont appris que la presse s'est déchaînée. La terre découvre soudain qu'elle est une planète menacée par ses propres déjections. Elle sécrète des montagnes énormes d'ordures qui menacent son équilibre et sa santé. Les liquides et les gaz qui s'en dégagent mettent en péril la vie de sa flore et de sa faune. L'humanité se trouve soudain face à ce qu'elle rejette. Des monceaux de détritus dont personne ne veut plus.

Le *Gabbiano* hier cargo inconnu est à présent un vocable qui court le monde. Ce bateau rouillé qui porte le nom d'un bel oiseau des mers effraie comme un monstre contre lequel nul chevalier ne veut prendre les armes. Il assume lui seul le poids de toute cette horreur et de toute cette honte.

En même temps qu'il découvre sa crasse physique,

le monde prend conscience de ce qu'elle engendre d'ignominie. Les profiteurs, les trafiquants, les magouilleurs. Les nouveaux édificateurs de ces pyramides des temps modernes faites de carcasses de voitures, de bidons éventrés, de fûts multicolores, de congélateurs et de réfrigérateurs cabossés, de téléviseurs aveugles, de machines ultramodernes voisinant avec des antiquités, de lavabos et de bidets, de baignoires et d'armoires métalliques, de papier, de matières plastiques, de millions de boîtes de conserve ; le tout soudé et aggloméré, englué et noué, tassé et entremêlé par des colles et des ciments ruisselants, dégoulinants, poisons mortels pour la terre même à jamais stérile sous de tels édifices.

Monuments de la démesure. Signes d'une époque dépravée et saoule de richesses dans son affligeante pauvreté morale.

Le *Gabbiano* bercé par la houle bleue d'une mer vouée aux vacances, au plaisir, à la débauche, à d'autres folies du XXe siècle ; le *Gabbiano* vilipendé, couvert d'injures, plus chargé encore de malédictions que d'ordures est rendu responsable de tout ce que l'on découvre. Il porte à lui seul l'énorme poids de l'horreur et de la honte.

Comme si la malédiction qui l'écrase faisait pénétrer la mort en son armature ébranlée, comme si l'opprobre sécrétait un acide semblable à celui qui ronge la peau de ses hommes d'équipage, le cargo, peu à peu, se couvre de lèpre. Sa peinture que nul n'entretient plus se cloque sous le soleil et s'écaille sous les effets conjugués de la mer et du vent. Depuis des jours ses cuivres ont cessé de briller, la rouille attaque sa coque et son château, les vitres se vernissent de crasse comme s'il voulait dissimuler ses plaies internes. Les bouts de filin pendent çà et là, des objets traînent sur le pont que plus personne ne nettoie.

Dans les débuts de cette quarantaine, le commandant Bernier et le maître d'équipage se sont attachés à ce que leur bateau continue de vivre. Ils l'ont fait astiquer, laver, briquer, repeindre comme on fait toujours sur tous les navires. Peu à peu la discipline s'est relâchée. Les hommes ont dit qu'ils ne pouvaient continuer de travailler sans manger. Nul n'était plus à même de fournir aucun effort. Tous, jusqu'au coriace Auguste Poilard, le mécano railleur et qui se prétendait invulnérable, tous sont atteints. Tenir un pinceau, une éponge ou une brosse avec des mains rongées par l'eczéma est un supplice. Tous les gants sont usés et crevés. Les yeux brûlés et les paupières gonflées par la conjonctivite ne supportent plus la lumière vive et la réverbération sur les vagues. Pour les gorges, les bronches et les poumons irrités, l'inhalation de vapeurs et de poussière est atroce. Les cales ferment trop mal pour empêcher les poisons surchauffés de souffler aux visages leur haleine corrosive.

Pieds, bras, mains et visages grattés au sang, les marins se traînent en se protégeant comme ils le peuvent, mais même les vêtements de rechange leur font défaut. Deux matelots se sont battus pour une chemise.

Quatre hommes épuisés ne quittent plus leur lit d'infirmerie.

Grand large

Les officiers ont fait transporter dans les cabines du commandant et du chef mécanicien absolument tout ce qui reste encore de médicaments.

La nourriture manque. L'eau potable et le fuel diminuent très vite. Quelques marins ont fabriqué des lignes de fortune. La nuit, ils pêchent. Durant le jour, ils seraient incapables de se tenir au soleil sans avoir mal à hurler. Quand l'un d'eux parvient à prendre un poisson, ils partagent.

Ils ont faim, mais l'écœurement qui les habite trompe leur faim.

Le soleil est de plomb. La mer qu'on voit miroiter et vibrer dans la brume de chaleur est une mer de vacances et de joie. Elle porte de plus en plus de voiles blanches mais les chiens de garde de la douane et de la police dont les moteurs pétaradent jour et nuit les repoussent vers le large.

Le soleil est un soleil de bonheur sauf pour l'équipage du *Gabbiano* qui se terre derrière ses tôles brûlantes, accablé par cette malédiction qu'il ne comprend pas.

Le clapot des vagues contre la coque, les moteurs qui vont et viennent, les échos de la vie sur terre forment comme un silence gluant. L'énorme dalle d'un tombeau semble être sortie des carrières de Carrara pour venir écraser de sa masse la vie du *Gabbiano*.

42.

Le treizième jour de leur attente, vers la fin de la matinée, la capitainerie du port leur annonce qu'ils vont être ravitaillés en eau, en vivres et en carburant. Dès que les opérations de ravitaillement seront terminées, le *Gabbiano* devra se tenir prêt à appareiller.

— Pour quelle destination ? demande le radio qui reçoit l'information.

— Vous le saurez bientôt. Tout ce qu'on peut vous apprendre pour le moment c'est que votre cargo et sa cargaison ont encore changé de propriétaire. On vous indiquera la longueur d'ondes sur laquelle vous pouvez correspondre avec les services de votre armateur.

Massimo Castri qui est capable d'écouter en morse ou en langage clair au moins cinq émissions en même temps se met à la besogne. Il ne cesse de manipuler ses appareils pour tenter de découvrir avec qui les autorités locales échangent des informations les concernant. Après un long moment, il conclut :

— C'est sûrement par télex qu'ils communiquent, rien à chiquer pour savoir quoi que ce soit.

Grand large

Les barges de ravitaillement viennent à peine d'arriver. De la passerelle, le commandant Bernier surveille la manœuvre lorsque l'officier radio le rejoint :

— Je viens de l'entendre annoncer dans un bulletin d'information à Radio Suisse Romande : Frattori a été arrêté. Il s'est fait boucler à Zurich au moment où il allait prendre un avion pour Toronto.

— Votre cousin !... Ma foi, désolé pour vous, mon vieux, mais moi...

Parlant plus sec qu'il n'en a l'habitude, Massimo Castri interrompt Bernier :

— Vous n'avez pas à être désolé, commandant, cousin ou pas, c'est une fripouille. Il n'a pas hésité à nous foutre dans la merde. Moi comme le reste de l'équipage.

Bernier sort sur l'aileron pour donner un ordre au second qui surveille le déchargement de caisses de légumes. Puis il rentre et referme la porte.

— Vous savez, dit le radio dont la voix reste chargée d'un peu de colère, chez nous, la famille est sacrée. Mais quand on la trahit...

Le grand garçon brun n'est plus ce qu'il était au début du voyage. Peut-être parce qu'il était très beau, il semble beaucoup plus enlaidi par le mal. Ses paupières gonflées cachent en partie son regard brun dont l'éclat s'est terni. Il respire profondément comme s'il avait besoin de beaucoup de courage pour se lancer. Puis, plus lentement, d'une voix légèrement assourdie, il se décide à parler.

— Quand vous aurez un moment, commandant, il y a quelque chose que je voudrais vous dire. Mais ce que vous devez savoir tout de suite, c'est que si on lui fait un procès, je suis tout prêt à témoigner contre lui. La seule chose qui compte à ses yeux, c'est le fric. Vous le savez bien.

En parlant, ils ont regagné le local des transmissions. Bernier que la fatigue écrase s'est assis sur un des sièges tournants. Depuis quelques jours, il a cessé de tailler sa barbe. Son collier a quelque peu perdu de cette rigidité qui durcissait ses traits. Lui aussi semble avoir bien du mal à ouvrir les yeux. Lentement, comme s'il n'en éprouvait aucune envie mais qu'une force intérieure le contraigne à parler, il dit :

— Vous savez, Massimo, dans une moindre mesure et peut-être avec quelques nuances selon nos tempéraments, j'ai peur qu'il n'en soit de même pour nous tous... Pour nous, et pour pas mal de gens sur cette putain de planète.

L'Italien ne répond pas. Il s'est remis à sa console et à ses manettes. Bernier se lève et sort. Son pas est lourd. Sa démarche est presque celle d'un vieil homme qui n'est plus très certain de son équilibre. Dès qu'il approche de la console centrale, sa main se pose sur le métal gris où commencent à se voir des traces de crasse.

On entend monter le long du métal qui vibre les bruits de la grue et quelques chocs du matériel que l'on transborde, quelques cris aussi.

Bernier laisse son regard aller vers cette ville poudrée de lumière blanche, vers les montagnes que la chaleur fait ondoyer, vers la mer aussi où des vagues courtes crêtées d'écume frisent sur une longue houle très lente.

Grand large

Une première barge s'éloigne et pénètre dans la rade. Les hommes qui la mènent vont descendre à terre.

Le second entre dans la timonerie. Sa maigreur fait presque peur mais il semble n'avoir rien perdu de sa solidité. Bernier lui demande :

— Vous ferez préparer les hommes pour l'appareillage.

43.

Vingt heures dix. Mer belle. Le *Gabbiano* fait route au 220 pour passer au large des Baléares, doubler Gibraltar et piquer vers le nord. Bernier a parlé par radio avec son nouvel armateur. A présent, tandis que le second assure le service, il se trouve dans son bureau avec le maître d'équipage et l'officier radio qui vient de les rejoindre.

— Asseyez-vous, Massimo. Le chef va venir. Vous vouliez me parler, je préfère que ce soit en leur présence. Moi aussi, j'ai à vous parler.

Le chef mécanicien entre. Il est sans doute celui des officiers dont le visage est le moins marqué par l'eczéma, mais les lunettes qu'il est contraint de porter pour son travail ont entamé son nez à gauche et à droite. Tout de suite, il dit :

— Ah bon, vous n'avez pas mis les masques non plus.

— J'ai essayé, avoue le bosco, de quoi crever sous ces nez de cochon.

— J'ai compté, dit le chef, il y en a soixante, dans

leur caisse, est-ce qu'on va embarquer du personnel ou des passagers ?

Ils ont un essai de rire qui avorte tout de suite.

— Asseyez-vous, chef, fait Bernier, et servez-vous.

Il montre un plateau où sont des verres, une bouteille d'eau minérale italienne, une de Coca-Cola et trois boîtes de bière. Le chef mécanicien ouvre une boîte et fait couler la bière lentement le long de son verre qu'il tient incliné.

— C'est la nouba, dit-il.

— Si ça dure..., soupire le maître d'équipage en épongeant sa trogne cramoisie.

— Je vous dois quelques précisions, dit Bernier, mais avant, j'aimerais savoir ce que Massimo voulait me confier.

L'officier radio décolle son dos du dossier de sa chaise, s'incline légèrement en avant et pose ses mains à plat sur ses genoux. Il les regarde tous les trois puis, s'adressant surtout au commandant, très calme, il explique :

— Frattori m'a fait embarquer parce que je suis radio, mais... mais c'était surtout pour... enfin, pour avoir un homme à lui sur le bateau... Les bons radios, ça manque pas.

Le bosco lâche un gros rire et éructe :

— Pauvre gamin, tu crois peut-être qu'on s'en gourait pas ! Si c'est tout ce que t'as à nous balancer comme révélations...

Bernier le coupe sèchement :

— Laisse-le s'expliquer, s'il te plaît !

— Quand Frattori a décidé de se lancer dans cette histoire, il m'a dit : « Je ne suis pas du métier. J'ai besoin d'un marin. Dommage que tu sois pas breveté au long cours. Mais t'es radio, ça suffit. » J'ai compris. Je lui ai demandé ce qu'il craignait. Il m'a juste dit : « Rien d'important. Mais il peut y avoir des décisions à prendre, je veux pouvoir compter qu'elles seront prises. »

Un silence se fait. Le bruit de la machine semble tenir soudain beaucoup plus de place.

Après un temps qui paraît fort long, Bernier demande :

— Et alors, depuis l'embarquement ?

— Depuis... Eh bien, quand Lagos a refusé le déchargement, au moment où on a changé de route, il m'a appelé...

Il se tait. Son regard va de l'un à l'autre pour revenir au commandant. Il a une sorte de moue qui avance ses lèvres enflées et gercées, puis, avec un geste des mains et un léger mouvement des épaules, il soupire :

— J'aurais dû vous le dire. J'ai pas osé.

Encore un silence. Et c'est le bosco qui aboie :

— Parle, vingt dieux, on va pas te faire un trou au cul, pour ce qu'on bouffe, t'en as assez d'un même s'il est pas large !

— Il m'a proposé le paquet si je me démerdais pour qu'on foute la cargaison à la mer.

Ils s'observent tous. Les visages sont tendus mais l'enflure des paupières rend bien difficile la lecture des regards. Le bosco semble s'être assis sur un fagot d'épines. Il est le premier à réagir. Les dents serrées, il grogne :

— Putasserie !

Plus calme, le chef mécanicien observe :

— Qu'on ait envie de le faire quand on se trouve à bord, ma foi... mais quand on a le cul dans un fauteuil à côté d'un tiroir-caisse bourré...

Bernier dit ce que tous doivent penser :

— J'aimerais bien qu'on m'amène ici le gars qui n'a pas eu envie de le faire !

Sa voix s'enfle un peu et, serrant ses poings sur le métal gris de son bureau, il gronde :

— Je veux que tous les mecs le sachent. Je suis marin. J'ai pas d'enfants. Ma femme m'a plaqué parce qu'elle n'était pas faite pour un marin. Je ne suis pas un saint. Mais le premier qui parle de foutre ce poison par-dessus bord, je le fais mettre en tôle. Et si je ne trouve personne pour m'aider, je lui fous une balle de 7,35 dans le buffet !

Ses mains se sont mises à trembler. Ses lèvres se serrent sur sa colère. Se tournant vers le bosco, il ajoute :

— Je compte sur toi pour que tout le monde comprenne !

La lueur rouge du crépuscule vient encore colorer le flot pâle et brutal du néon sur les visages fatigués.

Le silence habité du ronronnement de la climatisation et du bruit sourd des diesels se reforme. Le commandant en laisse couler une large tranche qui s'épaissit entre eux comme un miel mêlé d'acidité. Leur attitude montre qu'ils ont saisi et qu'ils approuvent. Le maître d'équipage déclare :

— Je sais en tout cas qu'on peut être certain de l'approbation de Cheminard.

— Je le pense, fait Bernier. A présent, j'ai tout de

même à vous apprendre à qui nous appartenons. Massimo le sait, mais pas vous.

Les deux autres sont là, bouche bée. Tout en eux exprime un peu d'inquiétude. Bernier regarde surtout le bosco pour annoncer :

— Eh bien, nous avons été rachetés par le sieur Marquis !

Il a à peine prononcé ce nom que le bosco frappe de son énorme poing droit l'intérieur de sa main gauche en beuglant :

— Putain de merde ! Et où c'qu'il est ce pourri ?

— Ile de Man. Et il a trouvé en Angleterre une usine pour retraiter son poison. C'est là que nous allons, messieurs.

44.

Le radio et le chef mécanicien sont sortis. Le bosco s'est levé en même temps qu'eux, mais il demeure planté devant sa chaise. Le roulis l'oblige à se balancer un peu. Il fixe le commandant qui s'est levé le premier pour marquer la fin de la réunion mais vient de s'asseoir d'une fesse sur l'angle de son bureau. Le bosco fait aller trois ou quatre fois son éternel mégot détrempé d'un bord à l'autre de sa bouche aux lèvres tuméfiées, puis, d'un ton légèrement grinçant :

— Doubler le cap Corse et mettre à gauche, ça peut pas se faire même si le Vieux est pas sur la passerelle ?

Bernier a un haussement d'épaules et un geste vague. L'autre lui laisse le temps d'une réponse qui ne vient pas, puis il reprend :

— T'avais peur de parler ? Merde alors, j'te savais pas si timide.

Le commandant se lève et vient à lui. D'une voix un peu sourde, comme si tout lui devenait soudain terriblement pénible, il avoue :

— J'pourrais même pas te dire pourquoi j'ai attendu... Je te jure : j'en sais rien.

Le maître d'équipage émet un ricanement qui grince comme une mauvaise poulie :

— Ben moi, j'm'en vas te le dire, pourquoi t'as attendu. C'est parce que ce putain de Marquis, cet enculeur d'Amerloques ou le contraire, j'en sais foutre rien, ce maudit chien de millionnaire en dollars, en livres, en francs suisses et tout ce que tu voudras, ce fils de vendu aux nazis, y te pue au nez autant qu'à moi. Y pue autant que ta cargaison. Ça te noie les bonbons dans le goudron d'être obligé d'naviguer sous pavillon de cette ordure vivante pour transporter sa cargaison de merde. C'est pour ça, Grand-Mât de mes deux, qu't'osais pas nous annoncer la bonne nouvelle.

Le ton a monté. Le bosco éructe bien plus qu'il ne parle. En dépit des rougeurs et des écorchures, le visage du commandant a blêmi sous sa barbe que les muscles de ses mâchoires font se hérisser. Ils sont face à face, à moins d'un pas l'un de l'autre, balancés doucement par la même oscillation lente dont on dirait qu'elle ne quitte les profondeurs que pour calmer cette colère de surface. Un peu comme si la mer se soulevait pour apaiser les hommes. Pour les bercer et pousser leur humeur mauvaise vers un assoupissement de leurs nerfs tendus.

Sans répondre, Bernier s'écarte lentement et va reprendre place derrière son bureau. D'une voix douce, il dit :

— Assieds-toi, Evariste... A présent, le tabac ne manque plus. Roule-toi une autre clope et prends une bière.

Grand large

Le bosco hésite. Il a l'air d'un homme qui redoute un piège. Toujours doucement, Bernier répète :

— Allons, assieds-toi.

Evariste s'exécute, l'air boudeur. Il allonge sa jambe gauche pour tirer sa blague de sa poche. Ses doigts boudinés ont du mal à tenir le papier, à prendre le tabac et à le répartir le long de la feuille. Sa grosse langue, lorsqu'elle sort de ses lèvres, semble une tumeur ouvrant une plaie. Dès qu'il a allumé et tiré deux bouffées, il grogne :

— Si mes paluches continuent d'enfler comme des mortadelles, j'vais être obligé de fumer des toutes cousues. Ça m'ferait mal, à mon âge !

— J't'ai donné des cigares, pourquoi tu les fumes pas ?

— J'en ai fumé un. Tous les gars me regardaient, j'ai tout distribué.

Il souffle fort sa fumée en direction de la vitre où viennent s'éteindre les dernières lueurs d'un crépuscule qui tourne au violet.

Le bosco ouvre une boîte de bière. Le petit « pchit » semble un gros bruit dans le silence qui coule son mortier entre les deux hommes. Il boit. La mousse reste sur ses lèvres où sa langue vient l'essuyer. Bernier boit de l'eau minérale.

Ils se regardent. Et cet échange de leurs prunelles à demi cachées par leurs lourdes paupières aux cils collés est très pesant.

Hochant à peine la tête, Bernier finit par parler.

— Si nous deux on se fout sur la gueule, Evariste, c'est la fin. Autant balancer tout de suite le barbu sur un rocher.

Il marque un temps. Comme l'autre continue de tirer sur son mégot déjà trempé, il ajoute :

— Je sais pas quel effet ça te ferait, mais moi, je peux te dire que c'est pas comme ça que je comptais finir ma carrière... non, pas comme ça, bon Dieu de bon Dieu !

Evariste ferme les yeux. Tout son visage se tend comme s'il espérait le plisser malgré l'enflure. Rouvrant les yeux, il se lève et va vers la porte en admettant :

— T'as raison, Grand-Mât. T'as toujours raison !

45.

Le *Gabbiano* a franchi le détroit de Gibraltar alors qu'une aube violente faisait frémir les eaux de lueurs cuivrées. Au courant constant s'ajoutait un vent d'ouest de force 5 qui soulevait la mer par paquets couleur de nuit. Aussitôt pris son cap vers le nord-ouest, le cargo s'est mis à tanguer et à rouler de telle sorte qu'il est bientôt devenu nécessaire d'épauler la lame et que le bosco a dû établir un tour réduit à ses meilleurs timoniers.

Après une petite heure de cette danse, les hommes ont déjà compris que d'autres fûts ont dû éclater. En dépit du vent, la puanteur augmente. Sinuant par de mystérieux circuits, cheminant à travers un labyrinthe de canalisations, de gaines, de tuyauteries dont nul ne saurait dire où elles passent exactement, l'odeur acide pénètre dans presque toutes les pièces. Certaines cabines sont inutilisables, d'autres sont habitables durant un moment pour ne plus l'être à une autre heure. Le chef mécanicien se livre à une gymnastique extrêmement compliquée avec les vannes de climatisation. Et les essais qu'il fait font parfois tousser, éternuer, hurler les hommes dont les yeux pleurent de plus en plus.

On a distribué des masques. Certains les portent, d'autres s'y refusent. Ceux qui l'ont fixé sur leur visage ont l'air de guerriers étranges, de monstres d'un autre âge.

Dans la cabine des transmissions où l'air demeure à peu près respirable, le radio ne cesse d'écouter tout ce qu'il parvient à capter. Il parle quatre langues et annonce au commandant que la France, l'Angleterre, l'Italie et l'Espagne sont en pleine guerre des ordures. La France qui est accusée d'importer des déchets radioactifs se défend à grands cris. Son gouvernement parle de fermer ses frontières à tous les déchets quels qu'ils soient que d'autres pays expédient vers ses centres de traitement. Certains annoncent que le *Gabbiano* a repris le chemin de l'Afrique noire. D'autres stations prétendent qu'il fait route vers l'Amérique du Sud. Les Tunisiens affirment qu'il s'est engagé dans le canal de Suez.

Vers le milieu de la matinée, alors que la force du vent a quelque peu diminué, le *Gabbiano* croise la frégate de la Royale *Amiral-Esménard*. Elle est escortée par l'aviso *Duc-du-Cousset*. Une heure plus tard paraît la frégate *Amiral-de-Grasse* d'où s'envole un hélicoptère qui vient longuement survoler le cargo.

— Regardez-moi ce pourri ! hurle le bosco, y bosse pas pour le gouvernement, y travaille pour Kodak. Pouvez croire qu'il en prend des photos de nos belles gueules !

Le second intervient :

— Et si on lui demandait assistance médicale, y peut pas refuser.

Grand large

— Avec un pavillon banane, tu peux toujours y compter. Et qu'est-ce que tu veux qu'il fasse ? Nous faire perdre deux heures pour transborder ? Avec un vent pareil, tu penses pas qu'ils vont se risquer à hélitreuiller !

— Y nous répondront d'aller vers le port le plus proche. C'est couru d'avance.

— Pas la peine de perdre du temps. Au point où on en est, plus vite on sera rendus, plus tôt on en aura fini avec cette saloperie.

Une voix aigre lance derrière eux :

— Y en a encore pour y croire ? Eh ben, mes amis, j'pense que vous rêvez. En bas, c'est fini, personne a plus d'illusions.

C'est Auguste Poilard qui n'est pas de quart et vient d'entrer dans la timonerie. Chez lui qui a été le dernier atteint par le mal, quelque chose s'est passé en trois ou quatre jours qui l'a rendu presque méconnaissable. Même sa voix a changé. Elle est comme vrillée. Ses petits yeux ne sont plus que deux trous minuscules en pleine chair à vif. Ses avant-bras maigres sont striés de longues griffures où le cambouis de la machine a dû s'incruster.

Tous se sont tournés vers lui et le regardent en silence.

— Quoi, fait-il, j'ai une sale gueule ? Je le sais. Et je peux vous dire que vous êtes guère mieux. Mais si vous croyez encore au petit Jésus, ben tant mieux pour vous. Moi, si j'pouvais débarquer à présent, j'vous jure que le Marquis de mes roubignolles, son pognon, y pourrait s'l'enfoncer bien profond.

Le petit homme est soudain pareil à un enfant blessé, sa voix tremble. Son menton vibre sous sa barbe de quelques jours. Au moment où il fait demi-tour pour sortir, deux grosses larmes luisent à la pointe de ses cils collés par l'humeur.

S'accrochant aux barres d'appui, le maître d'équipage se précipite et sort derrière lui.

46.

Le bosco dégringole l'escalier derrière l'ouvrier mécanicien qu'il rattrape devant la porte du carré des officiers. Il l'empoigne de la main droite par le bras et, se tenant de la main gauche à la poignée, il l'oblige à s'arrêter. Le petit homme chambille. Son épaule heurte la porte. Le maître d'équipage ouvre et le pousse vers l'intérieur.
— Entre là.
— J'ai pas l'droit !
S'efforçant de rire, le bosco l'oblige à entrer :
— Joue donc pas à plus con que tu es.
Entre des sanglots de gamin effrayé, Poilard parvient à demander :
— Qu'est-ce que tu me veux ?
— Qu'on cause. Et qu'on trinque tous les deux.
Il le fait asseoir près du bar et prend place en face de lui. La mer toujours forte mène le bal contre la coque qui tonne sourdement. Les verres et les bouteilles tenues par les pinces tintent parfois. Le petit mécano est davantage secoué par son chagrin que par la tempête. Ici, l'odeur n'est pas trop forte. Il le constate de sa voix hésitante :

— Ça pue moins qu'aux machines.
— Qu'est-ce qu'y t'a pris, Auguste ?

L'autre renifle et se mouche dans un bout de chiffon crasseux qu'il vient de tirer de sa poche. Ses traits se contractent. Il doit faire appel à toutes ses forces pour cesser de pleurer et dire d'un ton tranchant :

— Evariste, on va tous crever.
— Tous les marins peuvent finir en mer.
— Ta gueule ! Tu sais de quoi je parle. C'est toi qui m'as embarqué dans cette putain de galère. Laisser ma peau dans un naufrage, sûr et certain que ça me ferait pas jouir, mais j'l'ai accepté depuis mon premier embarquement. Crever empoisonné, brûlé, pourri jusqu'à l'os parce qu'un fumier s'emplit les fouilles de dollars, j'peux pas...

Son chagrin est le plus fort. Un gros sanglot crève.

Le bosco le laisse pleurer un moment puis, d'une voix qu'il s'efforce de faire très douce, il lui parle de ce qu'ils ont vécu tous les deux, sur d'autres navires. Tout autour du globe. A la fin, il demande :

— Allons, vieille pomme, t'as cinquante-huit berges, j'en ai soixante-trois, on va pas chialer comme des lardons parce qu'on a piqué une crise d'urticaire. On a trop bouffé de fraises, c'est tout.

Le mécano rit à travers ses larmes. Il s'essuie de nouveau les yeux, puis, se reprenant tandis que le bosco ouvre deux boîtes de bière, il commence, presque calme :

— Evariste, je m'en vais te dire. Tu sais que je me suis marié j'avais plus de quarante ans... quarante-

Grand large

deux, exactement, avec une veuve de trente ans. Y a des amis à ses vieux, des gens qui ont plus d'oseille que nous... on s'est mariés en avril.

Il marque un temps, comme s'il se sentait gêné de poursuivre. Puis, ayant porté la boîte de bière à ses lèvres gonflées et bu une gorgée, il souffle un coup et poursuit :

— Ces gens-là, ils ont une petite maison au Portugal. Dans un jardin avec plein de fleurs et des citronniers. Ils nous l'ont refilée gratis pour deux semaines.

Sa gorge se noue. Il ne sanglote pas mais des larmes roulent sur ses pommettes saillantes avant de s'émietter dans sa barbe.

— On vient de passer devant. Juste avant de doubler la pointe de Sagres où il y a le phare. On y allait, des fois... Le bled où est la maison, c'est Praia da Luz, que ça s'appelle. La plage était juste devant... Bon Dieu, ce qu'on a été heureux...

Il s'interrompt. Il se lève et va jusqu'à la fenêtre comme si le spectacle de la mer pouvait lui rendre un peu de ce bonheur perdu. Le bosco boit sa bière lentement, se lève, cherche de l'argent qu'il met dans la caissette réservée au paiement des consommations, et jette sa boîte vide dans une corbeille accrochée derrière le bar. Il hésite un peu avant de rejoindre Poilard et de poser sa grosse patte sur son épaule où l'os pointe sous le tissu humide de la chemise. Il va parler mais le mécano est plus rapide que lui :

— On avait loué une bagnole à Avignon. On s'est tapé toute la côte en descendant puis, au retour, on a pris par l'intérieur.

Il se tait. Un moment passe. Les lames cognent dur contre les tôles. L'odeur nauséabonde arrive en bouffées écœurantes.

— Faut que je remonte, dit le bosco. Va te reposer.

Le mécano fait deux pas puis il soupire :

— Si elle savait que je viens de passer là... Si elle savait...

47.

Durant la nuit, le vent fraîchit encore et la mer prend de la force. La gîte augmente. Des fûts qu'on entend rouler dans la cale ont dû s'éventrer, mais plus personne ne se risque à ouvrir un panneau, même pour un simple regard à la cargaison.

Le poison qui se trouve dans le ventre du *Gabbiano* est exactement comme une bombe dont nul n'oserait s'approcher. Le chef mécanicien prétend d'ailleurs que certains des gaz qui s'échappent des matières répandues peuvent être explosifs. Il redoute que les liquides ne soient inflammables et confie à Bernier sa crainte de les voir corroder les tôles mêmes du cargo. Il ajoute :

— Plus vite nous arriverons, mieux ça vaudra, mais je n'ose pas pousser trop la machine par une mer pareille. Une panne serait une catastrophe.

Cependant, le lendemain, il décide tout de même de desserrer à peine le panneau le plus éloigné du château pour libérer au moins une partie des gaz. Quatre matelots revêtent des suroîts et des harnais de sécurité et vont débloquer ces tôles. Ils portent des masques et de lourdes bottes. Le chef vêtu de la même manière a tenu à les accompagner. En raison de l'état de l'océan dont les lames balaient le pont, la besogne est extrêmement dangereuse. Ils y parviennent pourtant, mais un matelot grec ne peut rentrer qu'avec l'aide de ses camarades. Transporté à l'infirmerie, il geint et se plaint de douleurs très vives au côté gauche.

Le commandant l'ausculte puis lui fait une piqûre pour lui permettre de dormir.

L'homme a été projeté avec violence contre la barre supérieure du bastingage. Son harnais de sécurité l'a empêché de basculer, mais il a certainement une ou deux côtes fêlées, peut-être fracturées.

A midi, le radio parvient à établir la liaison avec Marquis. Bernier lance :

— On est en pleine tempête. Vent force 7 en plein travers.

— Bernier, écoutez-moi : il y a une très grosse prime pour vous et pour tout l'équipage si vous foutez tout à la mer.

— Vous êtes cinglé, ou quoi ?

— Non Bernier... ou alors, mettez la chaloupe insubmersible à la mer. Et coulez le bateau. Explosion à bord.

— Salaud !

— D'autres l'ont fait.

— Pas moi. Plutôt crever !

Blême. Le visage ruisselant de sueur, le commandant qui vient de couper la communication se tourne vers les deux radios.

— Vous avez compris ?

Grand large

C'est Massimo Castri qui répond :
— Pas besoin d'être sorcier.
Et son second hoche la tête.
— Incroyable, grogne le commandant.
— Vous voyez, fait Massimo, qui se ressemble s'assemble. Ce salaud-là ne vaut pas mieux que Frattori. Pas mieux. Mais plus malin, il ne se fera pas coincer, lui. Et il ramassera le paquet!

48.

Nuit terrible. Ils sont six, en permanence sur la passerelle. Aux écrans radar il faut ajouter la veille optique. Antonio Reni est à la barre. Il a des yeux de chat et un sens de la mer incroyable. A peine la proue du *Gabbiano* commence-t-elle à fendre la cime d'une montagne de nuit liquide que, déjà, il sent venir la suivante, évalue sa force et se prépare à l'attaquer.

Mais la tempête augmente encore de violence. Derrière le timonier, la grosse aiguille rouge de l'indicateur de gîte dépasse parfois 35 degrés. On croit entendre craquer l'ossature du bateau et Bernier fait réduire la vitesse.

C'est l'officier radio qui est de quart au local des transmissions. Marquis a rappelé plusieurs fois. Bernier lui a crié de se faire foutre, ce qui a conduit le bosco à dire :

— Sois tranquille, y doit pas s'en priver.

Il a rappelé encore et, vers trois heures du matin, Massimo apporte un papier à Bernier qui gagne la cabine des transmissions pour le lire.

— Ai conclu accord avec navire incinérateur *Vulca-*

nus actuellement en mer du Nord. Vous communiquerai son code radio dans une heure. Cap sur mer du Nord SVP.

Au moment où le commandant regagne la passerelle noyée d'ombre, quatre matelots arrivent accompagnés par le second radio. Deux Grecs et deux Italiens. Les cinq sont armés de barres de fer, de leviers à cabestan ou d'énormes clés anglaises.

Le second radio lance :

— Commandant, on veut pas crever dans la merde ! On veut la prime offerte par votre pédé de patron. On en a assez bavé.

Bernier serre les poings. Son revolver est resté dans le tiroir de son bureau. Antonio Reni qui est à la barre fait signe au second de prendre sa place. Se retournant d'un bloc, il fait face aux cinq hommes de toute sa masse énorme. En italien, il crie :

— Posez vos outils. Si vous me ratez, je vous écrase tous !

Il est là, jambes écartées, pareil à un gorille. Il n'a rien à quoi s'accrocher, mais on jurerait que ses pieds sont soudés au sol. Son énorme corps se balance moins que celui des autres qui, pourtant, s'accrochent de leur main libre.

— Restez tranquilles, ordonne Bernier. Vous savez ce que vous risquez !

Les cinq hommes ont tourné la tête dans la direction du commandant. Le plus proche de Reni est le second radio. Il n'a pas le temps d'ébaucher un geste que le colosse est sur lui. On entend claquer comme un coup de fusil. C'est l'humérus droit du garçon qui vient de se rompre à la manière d'une brindille sèche. Un hurlement de douleur emplit la timonerie. Aussi rapide que solide, Reni a déjà ramassé la barre de fer qu'il brandit en direction des autres. Il n'a pas à frapper. Presque simultanément, les armes roulent sur le sol. Toujours en italien parce qu'il sait bien que les Grecs aussi le comprennent, le timonier lance :

— Le premier qui fait une connerie, je lui pète la tronche.

Il jette la barre qu'il a ramassée aux pieds des mutins et, avec un ricanement, brandissant son poing qui, dans la pénombre, a l'air d'une masse, il ajoute :

— Et pas besoin de ferraille. Avec ça, je me charge de vous écraser la gueule.

Il ne tremble même pas. Il semble habité d'un calme tel, que s'il parvenait d'un geste à apaiser l'océan, personne ne s'en étonnerait. Lentement, il revient prendre sa place à la barre.

S'adressant aux marins indemnes, Bernier leur conseille d'aller se reposer s'ils ne sont pas de quart. D'une voix presque amie, il promet :

— Demain matin, nous parlerons tranquillement.

Puis, s'approchant du blessé qui se tortille, recroquevillé dans un angle, il demande :

— Tu peux marcher ?

L'autre se lève péniblement sans cesser de gémir.

— Aidez-le, ordonne Bernier. Conduisez-le à l'infirmerie. Je vais m'en occuper.

Avant de descendre, il donne à son second des indications pour la route.

49.

Le maître d'équipage accompagne le commandant à l'infirmerie. Avant d'y entrer, il dit :
— Ça finira très mal.
Bernier se retourne.
— Qu'est-ce que tu ferais, toi ?
— Avarie machine. Risque de naufrage, faudra bien qu'un port espagnol nous accepte.
— La météo annonce du mieux. En trois ou quatre jours on peut être au bout. Si ce *Vulcanus*...
— Mais bon Dieu, qu'est-ce qu'il a pu magouiller, ce Marquis ? quel intérêt y peut avoir à nous racheter...
A son tour Bernier l'interrompt :
— Cherche pas à piger. Ce genre de commerce, ça dépasse des cervelles comme les nôtres.
— En tout cas, laisse plus ton flingue dans ton bureau.
— A présent, j'crois qu'on risque plus grand-chose de ce côté-là.
Ils entrent à l'infirmerie où le blessé est assis sur un lit, cassé en avant, il tient son bras et continue de

gémir. Le grand cuisinier se lamente en se cramponnant à tout ce qui lui tombe sous la main, malade comme les autres, il souffre en plus du mal de mer. Les voyant entrer, il se lamente un peu plus fort :

— On lui a cassé un bras... C'est des brutes, sur ce bateau.

Son regard désemparé se fixe sur le maître d'équipage :

— Dire que si j'ai embarqué...

Le bosco tonne :

— Toi, l'ectoplasme, fous-nous la paix. T'es là pour faire des nouilles et pour soigner, mais t'es le plus mal foutu... Et l'autre, comme y va ?

— Y s'est endormi. Vous voyez bien.

Le Grec aux côtes cassées est recroquevillé sur le côté droit. Son corps va et vient sur la couchette, bercé par le mouvement du bateau. Tandis que le cuisinier va s'agripper des deux mains au rebord du lavabo pour tenter de vomir, Bernier et Fournon s'approchent du blessé qui hurle :

— Me touchez pas ! Me touchez pas !

— Je vais te soulager tout de suite, dit le commandant. Prépare-moi la seringue, Evariste.

Il parvient à palper le bras déjà enflé.

— T'as de la chance, c'est cassé, mais je crois que c'est pas déplacé.

Le maître d'équipage revient avec la morphine et prépare l'injection. Boussardon qui a fini de restituer quelques glaires se retourne et se trouve assez près de la couchette occupée par le Grec. Reculant d'un pas pour s'accrocher de nouveau au lavabo en s'y adossant, l'air complètement perdu, d'une voix blanche, il appelle :

— Venez voir, il a dégueulé plein de sang.

Tandis que Bernier achève son injection, le bosco se précipite et pose une main sur l'épaule du blessé pour l'obliger à se coucher autrement. Le roulis aidant, il tire un peu trop fort et le corps tombe par terre avec un bruit sourd. Evariste Fournon se baisse. Puis, se redressant lentement, il se tourne vers Bernier qui le rejoint. D'une voix sourde il annonce :

— Bon Dieu, il y est.

50.

A peine le maître d'équipage vient-il de constater qu'une hémorragie pulmonaire a emporté le matelot aux côtes brisées, que la sonnerie du téléphone grésille. Bernier se précipite et décroche. L'officier radio annonce :

— J'ai la fréquence du *Vulcanus*.
— Je monte.

Il se retourne et se trouve face au bosco bouleversé qui souffle :

— C'était un bon gars... et bon marin.
— On a un cercueil à bord ?
— Oui, dans la cale avant. Personne ira le chercher.
— Faut que je monte. Reste ici, je t'envoie de l'aide.

Il sort et grimpe très vite l'escalier. Une vague lueur court sur l'océan en démence. Des paquets de mer déferlent sur le pont. Le second et le colosse sont toujours à épauler la lame et à scruter la mer. Deux matelots surveillent les écrans radar.

Bernier s'assure qu'ils ont tout bien en main et se

Grand large

hâte vers la cabine où l'attend Massimo Castri qui déclare :
— Impossible d'avoir ce putain d'incinérateur.
— Il a dû changer de position. Vous pensez bien qu'il ne doit pas tenir la haute mer par un temps pareil. Continuez d'appeler.
Il sort et rejoint le second.
— Quelles sont nos coordonnées ?
— On vient de passer le 46.
— Timonier, gouvernez au 22. On va regarder les cartes. Je vais aller m'embosser dans l'estuaire. Ils ne vont pas nous tirer dessus, bordel. Je demande l'assistance médicale et l'assistance technique de Nantes. On a des blessés et des malades.
Il hésite et s'approche du grand Breton pour lui confier :
— On a aussi un mort.
Il explique rapidement ce qui s'est passé et le second propose :
— Je peux faire la route, commandant, si vous voulez redescendre.
— J'y vais.
Il quitte la passerelle pour la cabine des transmissions au moment où la voix calme du grand Breton lance :
— La barre quinze à droite.
Et le colosse répond :
— La barre est quinze à droite.
Le cargo roule moins mais le tangage s'accentue et la gîte augmente encore
— On change de route, annonce Bernier en entrant chez le radio. Appelez Nantes. Dites-leur

qu'on va s'embosser derrière Noirmoutier. Demandez assistance médicale et technique. Si vous ne pouvez pas avoir Nantes, essayez Saint-Nazaire.

Il sort puis, se ravisant, il lance encore :

— Demandez au chef de me rejoindre à l'infirmerie.

Lorsqu'il y parvient après avoir vérifié la route avec le second, le chef mécanicien s'y trouve déjà, qui l'accueille en disant :

— Sacrédié, j'étais loin de m'attendre à ça.

— Croyez-vous qu'on puisse aller chercher le cercueil ?

Le chef fait non de la tête et ajoute :

— Faudrait un équipement spécial. Le fond des quatre cales est un vrai bourbier. Ce rafiot est pourri, commandant. Si nous n'avions pas à la barre un homme plus fort que tous les appareils de timonerie automatique, on se serait déjà cassé en deux.

Bernier explique ce qu'il veut faire et demande :

— Qu'est-ce qu'on leur annonce comme panne, pour qu'ils ne nous emmerdent pas ?

— Problème de transmission au gouvernail. Quand on sera rendus, ou bien je m'arrangerai pour fausser une commande ou pour la bloquer. Tant pis si je passe pour un con incapable de se dépanner.

Sonnerie. C'est le bosco qui décroche.

— D'accord, y monte tout de suite.

Du geste, il lui montre le plafond en disant :

— T'as Saint-Nazaire en ligne.

Bernier bondit. Deux fois il manque tomber dans l'escalier tant le cargo pris par le travers est secoué. A présent, le jour est là. Un jour livide écrasé entre le bouillonnement noir et blanc de l'océan et le plomb en fusion d'un ciel fou.

Une voix lointaine, enfouie sous d'étranges grésillements, répond à Bernier.

— Non, commandant, accès aux eaux territoriales interdit. Votre présence est signalée dangereuse. Eloignez-vous de la côte. Je répète, éloignez-vous. Vous êtes signalé à quatre milles, vous devez être à plus de douze milles. Eloignez-vous et passez la limite des eaux territoriales françaises.

— Mais je suis français ! hurle Bernier. J'ai des blessés et un mort. Menace de panne.

— Demandez assistance haute mer. Une unité de la Royale va sortir pour vous accompagner. Terminé ! »

Un claquement sec met fin à la communication.

51.

IL semble que le jour ne se lèvera jamais. Sa petite clarté glauque demeure accrochée quelque part au-delà de l'horizon que les montagnes d'eau sombre dérobent à la vue.

Le *Gabbiano* a, une fois de plus, changé de cap. Naviguant à présent au 320, il fait de nouveau route vers le large en épaulant la lame de trois quarts. Il escalade les pentes pour ouvrir les crêtes de sa proue qui se couvre d'écume. Puis il plonge pour remonter aussitôt.

Enveloppé dans un drap puis dans une grande toile cirée, le corps du matelot décédé a été porté tout à fait à l'arrière du pont inférieur, dans une petite cabine qui servait de lingerie lorsque le *Gabbiano,* encore rutilant, acceptait quelques passagers. Le bosco a bouclé le compartiment et empoché la clé.

Ce n'est plus seulement la tempête qui écrase le navire. Il y a autre chose que nul membre de

Grand large

l'équipage ne saurait définir. Même si le vent furieux emporte l'odeur qui monte des cales et permet aux hommes de respirer un peu mieux, même si ce répit soulage leurs yeux brûlés et leur peau à vif, ils sont comme si de ce ciel que seules blessent quelques lames d'acier, tombait sur eux et sur leur cargo un vaste chalut de haine et de malédiction.

Pris dans ce piège aux mailles serrées ils sont tirés loin de la terre par une puissance d'enfer. Seuls les accompagnent dans ce voyage sans but quelques goélands vêtus de deuil, dont le « aouk » rauque et sinistre semble appeler le malheur.

CINQUIÈME PARTIE

Connemara

« *Et s'il existe une autre vie de châtiments et de félicités, il lui sera beaucoup pardonné parce qu'il a beaucoup aimé la mer.* »

Jean Reverzy

52.

Dès que le *Gabbiano* a franchi la limite des douze milles, le second demande, toujours aussi flegmatique :

— Commandant, quelle route à présent ?

Il y a, dans la timonerie, outre l'homme de barre et les deux matelots qui scrutent la mer et les écrans radar, le chef mécanicien, le bosco et le commandant. Le vent a faibli légèrement et l'océan, toujours aussi sombre et haché d'écume, se creuse un peu moins. Bernier les regarde tous, puis, posant sa main sur la poche de sa vareuse :

— Si je l'ai sur moi, ça n'est pas que je redoute quoi que ce soit de mon équipage. Je pense que tout le monde a compris que nous sommes vraiment tous embarqués sur la même galère... non, si je l'ai là, c'est pour être certain de ne pas l'oublier quand je débarquerai.

Ils le regardent, l'air de ne rien comprendre. Comme il garde le silence, le bosco grogne :

— Débarquer ? C'est sûr qu'on voudrait tous. Mais où ?

Ménageant son effet d'une manière qui n'est guère dans ses habitudes, le commandant se tourne vers le second, lentement, détachant bien ses mots. D'une voix très nette mais sans hausser le ton, il ordonne :
— Cap sur l'île de Man.
On dirait qu'une sorte de courant vivifiant vient de pénétrer dans la timonerie pourtant bien close. L'air qui s'y respire est différent.
Après un temps, un peu plus tendu, Bernier ajoute :
— C'est à Douglas, que nous allons. Il y a au moins un salaud qui va payer !... Allez, au travail !
Il s'approche du meuble à cartes. Sous le grand plateau qui permet de les examiner, toutes sont classées dans de larges tiroirs en métal. Bernier vient d'en faire coulisser un et en sort les grandes feuilles de l'amirauté où les mers se lisent dans tous leurs détails, lorsque la porte du local des transmissions s'ouvre.
— Commandant, appelle l'Italien, quand vous aurez une minute.
Bernier pose les cartes et repousse le tiroir.
— C'est important ?
— Je crois.
Il rejoint le radio qui referme la porte et désigne sa console.
— Je viens de capter des informations en anglais qui nous concernent. J'ai enregistré. Vous voulez entendre ?
Bernier fait oui et s'assied sur un siège haut et tournant dont les pieds sont rivés au sol. La main couverte de pustules et de croûtes du radio appuie sur

un bouton et la bande magnétique commence à se dévider.

« L'armateur du cargo le *Gabbiano* récemment repéré au large des côtes bretonnes vient de faire au juge qui l'interroge des révélations inquiétantes. Nous savions déjà que certains des fûts constituant la cargaison du cargo contenaient des déchets industriels extrêmement dangereux. Certains dégagent de la dioxine ou des gaz qui peuvent attaquer les voies respiratoires. Le trafiquant italien l'a confirmé sans pouvoir donner davantage de précisions sur la nature des produits. En revanche, il a révélé que d'autres fûts de cette cargaison proviennent de divers hôpitaux dont il aurait perdu la liste. Des médecins assurent que ces déchets médicaux peuvent être à l'origine d'épidémies qu'il serait fort difficile de juguler tant que nous ne possédons aucune précision sur la nature exacte de ces déchets. Il est bien évident que toutes les eaux territoriales de tous les pays d'Europe restent interdites à ce navire. En Israël, des élections... »

Le radio arrête son magnétophone. Bernier le regarde, hésite un instant et dit :

— Ça reste entre nous deux. Je veux ta parole.

— Vous l'avez, commandant.

— N'efface pas la bande, mais planque-la.

— Je préfère vous la donner, commandant.

Il sort la cassette de sa console et la tend à Bernier qui l'empoche en disant :

— Tout de même, t'avoir foutu dans un pareil merdier...

Le bel Italien dont le mal a tellement déformé le visage regarde un instant par la vitre comme s'il cherchait une réponse dans cette immensité où un chalutier qui croise leur route danse comme un bouchon, puis, se tournant de nouveau vers Bernier, de sa voix chaude et toujours un peu chantante, il déclare :

— Si je m'en tire, je suis le premier homme qu'il rencontrera en sortant de prison. Si j'y laisse ma peau, c'est ma mère et mes frères qui l'attendront, et ce sera pas plus tendre. J'en suis certain.

53.

Le commandant et le second ont tracé la route puis Bernier a dit :
— Allez vous reposer, vous devez être crevé.
— Un peu, mais je peux tenir encore.
— Non. A présent, il faut essayer de réorganiser des quarts normaux. Demandez au bosco de monter.

Le maître d'équipage n'est pas encore là que le radio appelle le commandant :
— Vous avez en ligne quelqu'un de chez Marquis.
— Commandant Bernier. Tout est réglé. M. Marquis est en Irlande. A Shannon. Il vient d'acheter une usine qui va être transformée et adaptée au retraitement des déchets. C'est là que vous allez.
— Nom de Dieu, mais il est fou. Y a pas de port pour nous à Shannon !
— L'usine ne sera pas là. Seulement les bureaux. L'usine sera dans le Connemara, près de Galway où on vous attend. Shannon pour les bureaux, vous voyez la raison ?
— Je ne suis pas tombé du dernier grain !

L'homme qui ne se nomme pas semble pressé. Il

n'appelle pas sur le canal qu'utilisait Marquis. Il parle un anglais assez pur, mais avec un accent que Bernier ne parvient pas à identifier. Il conclut en disant :

— Cap sur Galway, commandant. Votre voyage touche à sa fin. Dites à votre équipage que M. Marquis double la prime.

Bernier crie :

— Pour les survivants !...

Mais l'autre a déjà coupé la communication.

54.

SHANNON ! Ce nom a volé de la timonerie à tous les compartiments du *Gabbiano* où se trouvent des hommes. Même ceux qui dormaient ont été réveillés.

— Shannon ! Cette fois, c'est pas du bidon, les gars !

Les plus sceptiques ont simplement demandé, presque timidement :

— Vous croyez ?

— Tu parles ! C'est le paradis pour tous les trafics. Si ce mec pourri a pu s'installer là, c'est dans la poche !

Même le cuisinier, qui n'est pourtant pas un homme de voyage, s'est laissé convaincre. Les autres lui ont tout expliqué. Avec force « et puis » et « ben mon vieux », ils ont parlé des zones franches et des usines hors douane, du plus vaste « duty-free » du monde, etc. Un vent de joie a redonné de la vigueur aux plus épuisés, exactement comme si, en plus de la double prime annoncée, ils allaient eux aussi avoir pignon sur rue dans la zone industrielle de ce paradis fiscal.

A table, ils ne parlent que de cela. Ils se saoulent de paroles et de rires parce que, depuis trop longtemps, ils vivaient dans l'angoisse, avec, pour tout horizon, l'immensité de l'océan en folie et la perspective d'une fin tragique.

Au carré des officiers, même si l'atmosphère est un peu moins à la détente, c'est tout de même de Shannon qu'on s'entretient.

Bernier a pris le quart sur la passerelle. Sont présents à table le chef mécanicien, le maître d'équipage et le second. C'est surtout le bosco qui parle :

— Cette fois, messieurs, j'y crois vraiment. Ce Marquis n'est pas un petit truand comme Frattori, c'est une fripouille de grande envergure. Une pédale de luxe qui ne doit pas se laisser entuber en affaires aussi facilement qu'au lit. Pas pressé du tout, il a attendu son heure. On a dû lui balancer le paquet pour qu'il reprenne l'affaire et lui, mariole comme je le sens, il avait sûrement préparé son coup à l'avance avec les Irlandais. Et peut-être même depuis longtemps !

Le chef mécanicien est moins enthousiaste.

— Pourquoi les Irlandais accepteraient cette merde plus que les autres ?

— Pour le fric. Pour quelle raison crois-tu qu'ils ont créé cette si grande zone sans taxes ? Tout se tient, mon vieux. Tout se tient. Business, business !

Et le bosco essaie d'ouvrir grands les yeux pour donner plus de force à son propos, mais son espoir d'en finir n'a pas fait désenfler sa face énorme et violacée.

Nul ne se rase plus, les barbes cachent en partie les plaies.

— En tout cas, déclare le second qui, durant tout le repas s'est tenu sur la réserve, je ne connais ni Shannon ni Galway, mais je sais que pour Shannon, les formalités administratives sont tout à fait simplifiées. Ça devrait entrer comme dans du beurre tiède si Galway fonctionne aussi bien.

Le maître d'équipage se met à rire :

— Avec ce que ce mec va nous raquer sur place, on va pouvoir s'acheter un tas de trucs dans les boutiques hors taxes. A commencer par du whisky.

— Moi, dit le chef, si je peux trouver une veste en mouton pour ma femme, ça fait dix ans qu'elle en rêve. Et les moutons, en Irlande, paraît que ça se multiplie comme les morpions sur les burnes d'un évêque.

55.

P<small>AR</small> une mer encore dure mais qui les inquiète beaucoup moins, ils font route nord-nord-ouest encore deux jours et deux nuits. La crainte d'une panne à présent qu'ils sentent le but si proche et si beau leur a tous fait approuver la décision du chef mécanicien de ménager la machine. Epaulant toujours la lame au mieux, le *Gabbiano* file ses 8 nœuds. Le vent est tombé à la force 5 avec quelques coups de boutoir force 7. Des grains nerveux passent en crépitant comme de la grêle. On les voit venir de loin dès que le jour pointe, pareils à de longs rideaux gris que déchirent des lueurs livides. Durant les nuits, ils fondent sur le cargo comme s'ils ne visaient que lui dans cette immensité.

A trois reprises, des avions militaires français puis anglais sont venus survoler le cargo, mais pour de rapides passages. Le radio n'a pratiquement rien pu capter de ce qu'ils émettaient. On voit peu de navires. Des chalutiers surtout, qui plongent et disparaissent dans les creux pour bondir sur les crêtes et piquer aussitôt.

Au cours de la deuxième nuit, les hommes de quart voient danser les feux d'un navire qui assure la liaison Roscoff-Cork Harbour. C'est le second qui est de quart, le matelot italien qui a relevé l'officier radio épuisé vient l'appeler :

— Leur radio me parle en clair. Y dit que si on est vraiment le *Gabbiano*, toutes les côtes nous sont interdites.

Toujours imperturbable, le Breton réplique :

— Répondez-lui que le *Gabbiano* lui pisse à la raie. Et ajoutez qu'en ce moment, il pisse du vitriol et des lames de rasoir !

— Vitriol ? fait l'Italien, qu'est-ce que c'est ? *Vetriolo ?*

— Vous en faites pas, il comprendra.

Quand s'amorcent les premières lueurs, ils ont déjà doublé la pointe de Dursey Head et laissé derrière eux le faisceau balayeur de vagues du phare de Bull. A Bernier qui vient de prendre le quart en même temps que lui, Massimo Castri annonce :

— La météo n'est pas bonne. Tempête sur nord Irlande, ouest Irlande et sud Irlande. On est en plein dedans.

Les grains se suivent à une cadence presque régulière Entre eux, de grands trous de lumière permettent de distinguer au loin, par tribord, des fragments de falaises, des déchirures vertes, ocre, violacées ou presque noires. Dans les brisants qui entourent le phare de Great Skellig, on devine quelques barques minuscules qui mènent un bal d'enfer. Le second qui n'a pas voulu aller dormir les observe à la jumelle et dit :

— Ils ont des mecs aussi gonflés que certains pêcheurs de bars du raz de Sein.

— Qu'est-ce que vous croyez, lance le commandant, il n'y a pas que les Bretons qui sachent mener un bateau dans les brisants.

— N'empêche que les plus malins finissent presque tous par y laisser leurs os. J'en connais un, même par gros temps, il allait tout seul pêcher entre la pointe et le phare de la Vieille. Un gars de trente-trois ans qui avait déjà trois gosses. Il se faisait beaucoup de pognon. Un calme. A le voir, tout le monde pensait qu'il ne pouvait rien lui arriver. Il y est resté tout de même.

Il y a des jours qu'ils n'ont plus devisé de la sorte. On dirait que la menace de la mer ne les inquiète pas du tout. A eux non plus il ne peut rien arriver à présent qu'ils touchent presque à la Terre promise.

Même le silence absolu de leur armateur ne les inquiète pas.

Pourtant, alors que l'on vient de piquer midi et que les îles d'Aran frangées d'écume sont en vue, Bernier demande au radio de tenter d'obtenir des précisions sur leur approche.

Silence. Impossible d'établir le contact avec Man qui reste absolument muet. Aucune fréquence n'a été indiquée ni pour le bureau de Shannon ni pour le port de Galway. Tous les officiers sont sur la passerelle. Tous les regards sont braqués vers cette terre ourlée de blanc par une mer de plus en plus violente. Le second qui a étudié les cartes répète :

— La baie de Galway, il faut la prendre par la passe sud.

— Une fois derrière les îles, on se sentira déjà mieux, remarque le maître d'équipage.

Bernier lance au radio :

— Demandez à la capitainerie où on doit embarquer leur pilote.

Il fait réduire la vitesse et lance à l'homme de barre :

— Epaulez à 45 degrés, qu'on se tienne à peu près ici.

Au moment où il pénètre dans le local des transmissions, l'officier radio lui tend le casque en disant :

— On les entend très mal. Et le mec a un putain d'accent.

Bernier coiffe les écouteurs et, presque instantanément, son visage se métamorphose. Ses lèvres tremblent sous sa barbe hirsute. Il hurle à se briser la voix :

— Mais j'ai des malades ! J'ai un mort ! Je manque de tout ! J'ai des ordres pour venir là !

Aussi calme que s'il parlait de tondre des moutons ou d'extraire de la tourbe, l'Irlandais répète :

— Interdiction formelle d'approche. Votre armateur est reparti sans conclure. Vous devez quitter les eaux territoriales et vous éloigner à plus de cinquante milles. Je répète : plus de cinquante milles de nos côtes. D'autres instructions vous seront données dès que vous aurez quitté les eaux territoriales irlandaises.

Bernier insiste. Il se fait presque suppliant. La voix reste aussi froide, aussi mécanique :

— Nous recherchons votre répondant de Shannon,

dès que nous l'aurons trouvé, nous vous indiquerons quel port peut vous recevoir. Terminé.

Les autres ont compris. Lorsque Bernier regagne la timonerie, il n'a pas à prononcer un mot. Un silence d'au moins une minute coule, puis c'est le bosco qui éructe :

— Ah, les tantes !

56.

L E *Gabbiano* a repris la route du large. Le vent a atteint la force 8. Comme il arrive plein ouest, il faut ruser, tricher avec lui.

— Tu vas tout de même pas les écouter, lance le maître d'équipage !

Bernier qui vient à nouveau d'examiner les cartes et les bulletins météo que lui apporte le radio fait non de la tête.

— En réduisant la vitesse et en épaulant à 45 degrés, je gagne un peu vers le nord. J'essaie de me tenir là en attendant du nouveau. De toute manière, avec un temps pareil, ils ne vont pas sortir pour nous cavaler au cul !

Toute la joie qui avait un moment illuminé les visages s'est muée en grimace. Regards sombres, les officiers sont tous là. Le chef est monté pour dire qu'il ne peut plus répondre longtemps de sa machine. Ses hommes sont épuisés. Un conduit de ventilation leur apportait des effluves de la cale aux poisons, il a dû le fermer et la température, dans le local des machines, est montée à 35 degrés. Mais cette température est plus facilement supportable que la puanteur qui brûle les bronches. Le maître d'équipage fait basculer son mégot suant la salive d'un coin à l'autre de sa bouche et demande en s'adressant à tous :

— Est-ce que vous savez que la zone franche de Shannon est spécialisée dans la bijouterie de grand luxe et les parfums ?

— Vous savez toujours tout, fait le second.

— Je lis des documents, mon petit. Et le parfum, on pourrait leur en livrer quelques tonnes !

Plus personne n'a envie de rire. Pourtant, le bosco ajoute :

— On entre le barlu dans l'estuaire, on se met les chaloupes à la mer et on laisse filer la réserve d'eau de Cologne droit sur la parfumerie. J'peux vous promettre qu'on aura la vedette dans le monde entier !

Nul ne réplique. Tous les regards sont pour la mer qui prend de plus en plus de gueule. Bien que ce ne soit pas son tour, Bernier vient de mettre à la barre l'énorme Antonio Reni qui semble le seul, sur cette passerelle, à rester à peu près détendu. A le voir actionner son levier en fixant les montagnes d'eau verte, noire et écumeuse qui déferlent avec une force effrayante, on a presque le sentiment qu'il prend plaisir à sa tâche.

Il fait face à cet océan exactement comme s'il s'empoignait avec un lutteur de sa taille et de son poids, mais dont la science serait notoirement inférieure à la sienne.

On ne saurait dire qu'il sourit. Son visage comme celui des autres est trop boursouflé pour être vraiment le reflet de ce qui se passe en lui, mais une lueur marque ce qu'on voit encore de ses yeux, une lueur qui n'est pas loin d'être un éclair de satisfaction. Le colosse, dont la barbe a vraiment poussé en broussaille, est en train de jouer un bon tour à l'océan qui enrage.

Dans son petit local encombré d'assiettes sales, de bouteilles et de boîtes vides, l'officier radio qui lutte contre le sommeil continue en vain de lancer des appels à un armateur fantôme.

57.

Dans la cale du cargo malmené par un océan qui semble vouloir passer sur lui seul toute sa colère, les quelques fûts qui restaient encore saisis aux palettes ont largué. On les entend rouler, bondir, heurter les flancs et le plancher. Les masses d'eau qui déferlent sur le pont ont obligé le second à faire verrouiller le panneau qu'on avait entrouvert pour que le vent emporte les odeurs. Depuis, les gaz ont repris leurs cheminements secrets par toutes les gaines, les tuyauteries, les fissures. Le château recommence à puer et bien des hommes ont fini par porter le masque. On ne les reconnaît plus qu'à leur stature et à leur démarche. Ils vont, titubant, bousculés par la mer, ivres de fatigue. Le cuisinier est incapable de se lever. Le ventre vide, il continue de vomir de l'eau. Son absence n'a guère d'importance, les hommes écœurés n'ont pas faim. Mais les forces leur manquent. Ils se traînent. Tous écoutent les coups sourds de ces fûts que personne ne saurait plus aller saisir d'aucun cordage, d'aucun câble. Qui s'aventurerait dans la cale n'aurait pas la moindre chance d'en sortir vivant.

Bernier, confiant la passerelle au second, fait venir le chef mécanicien et le maître d'équipage dans son bureau. Il les invite à s'asseoir sans allumer le néon dont la lumière froide est devenue douloureuse à leurs yeux éprouvés. La clarté qui pénètre ici à travers les vitres fouaillées par la pluie et les embruns sent la mort.

Sans un mot, le commandant ouvre un tiroir de son bureau qu'il avait fermé à clé. Il en sort un petit récepteur de radio muni d'un compartiment où il engage une cassette. Il dit avec un calme étonnant :

— Je vais vous faire écouter ce que le radio a capté au large de l'Angleterre. J'ai gardé ça secret pour n'affoler personne, mais au point où nous en sommes, vous devez savoir. Nous devons prendre une décision ensemble.

Il enroule la bande qui couine quelques instants. Les deux autres sont tendus. Murés dans un silence qui semble les isoler l'un de l'autre. Les éloigner de tout. Bernier appuie sur un bouton, la voix anglaise se fait entendre, plus forte que le vacarme de l'océan, plus présente que les roulements et les coups de tonnerre qui ébranlent le cargo de l'intérieur

« L'armateur du cargo le *Gabbiano* récemment repéré...

« Il est bien évident que toutes les eaux territoriales de tous les pays d'Europe restent interdites à ce navire... »

Bernier arrête la bande et regarde les deux autres. Le chef mécanicien passe ses doigts dans sa barbe, le maître d'équipage hoche sa tête cramoisie où le poil poivre et sel met une demi-couronne de lumière assez étonnante. Comme ni l'un ni l'autre ne semble disposé à parler, Bernier se décide :

— Messieurs, nous transportons de quoi faire crever des centaines, peut-être des milliers d'innocents.

— A commencer par nous, raille le bosco.

— Si tu veux bien nous tenir pour innocents.

— Si tu préfères dire couillonnés, ou empaffés, ça m'est égal, toujours est-il qu'on est bien partis pour crever.

Sa voix rauque s'est amplifiée. Son mégot roule sur sa lèvre. Il le prend entre ses doigts enflés, essaie de le rallumer avec son briquet puis le jette d'un geste sec.

— La colère ne nous mènera à rien, dit le commandant.

Le bosco se tourne vers le chef.

— Donne-moi une pipe, j'arrive plus à les rouler.

Le Grec sort de sa poche un paquet de Gitanes qu'il tend au bosco.

— Garde-les.

— J'aurai jamais le temps de les finir.

Ils allument chacun une cigarette tandis que Bernier demande :

— Chef, croyez-vous que la machine va tenir longtemps ?

Sans hésiter, le Grec dit :

— Non. L'arbre chauffe. Chaque fois que l'hélice sort de l'eau ça mène un raffut terrible. Tout risque de se gripper.

— Qu'est-ce qu'il vous reste de fuel ?

— Le quart, à peu près, pour le lourd, presque plus rien pour le reste.

— On peut envisager de brancher une pompe pour en arroser la cargaison ?

Le chef et le bosco le regardent, puis se regardent entre eux. Et c'est le Grec qui demande :

— Vous voudriez... ?

Il n'achève pas sa phrase. Bernier lui laisse le temps puis, comme il ne se décide pas, ses deux mains à plat sur le métal de son bureau, d'une voix tout à fait posée, il explique :

— On approche de la côte, on fait naufrage, tout ce qu'on a dans le ventre empoisonne un pays. Et ça peut nous arriver d'une minute à l'autre. Ou alors, on met les bombards à la mer avec l'équipage. Par ce temps, on ne peut pas penser aux chaloupes. Je reste à bord avec un volontaire aux machines pour actionner la pompe. On s'éloigne le plus possible et on fout le feu à la cargaison. C'est le seul moyen que je voie de détruire ce poison. Ça pollue, mais c'est rien à côté du reste.

— Une folie, fait Evariste, mais je suis prêt à rester avec toi.

— Non, tranche Nikos Sikeliotis, il faut un mécanicien, c'est à moi que ça revient.

— Il a raison, dit Bernier, toi, tu es responsable de l'équipage. D'ailleurs, j'espère bien qu'on s'en tirera aussi. Il faut...

Le téléphone grésille. Il décroche. Ecoute. Un tic nerveux remue sa barbe.

— Je monte.

Il raccroche avant de leur lancer :

— On n'a plus le choix, voie d'eau dans la cale. Et on n'a plus de bombards. Bouffés par l'acide.

— Putain ! hurle le bosco, je le sentais venir.

Ils se précipitent tous les trois dans l'escalier. En sortant, le chef annonce :

— Je retourne à la machine, j'attends vos ordres.

Le maître d'équipage lui crie :

— Tu peux préparer ta pompe, va !

La tempête redouble. Ils doivent se cramponner dur à la main courante pour monter.

58.

L̲IQUIDE corrosif, coups de bélier répétés des fûts de métal contre le doublage et les longerons, coups de boutoir des lames contre la coque, quelque part la mer s'est frayé un chemin. Il n'est sans doute pas large, mais les pompes ne suffisent tout de même pas à évacuer cette eau qui se charge de poison.

Bernier regarde les cartes. La côte est hors de portée des radars qui ne signalent aucun bateau.

— Lancez un appel de détresse ! Demandons assistance à tout bâtiment, crie-t-il au radio. Et si on vous parle de remorque, dites qu'on demande seulement assistance pour sauver l'équipage.

Se tournant vers le second, d'une voix très assurée, il ordonne :

— Faites passer les gilets. Faites placer l'équipage aux postes d'évacuation d'urgence. Le bosco responsable d'un canot et vous dans l'autre. Vous avez déjà évacué par grosse mer ?

— Non, commandant.

Le grand Breton semble très maître de lui. Le bosco aussi paraît calme.

— Ecoutez bien. Les bossoirs vont faire leur travail, il vous suffit de larguer au moment où on plonge pour vous poser juste à la crête de la vague qui suit. Et larguez les crocs dès que vous touchez, sinon, vous vous fracassez.

Le Breton se tient le plus raide possible et dit :
— Bonne chance, commandant.
— A vous aussi. On se retrouve sur la plage.
— Oui, mais on sait pas laquelle !

En se serrant la main, ils ont un petit rire forcé. Le bosco prend Bernier à pleins bras et bredouille :
— Je te dis merde, Grand-Mât... T'es un homme, toi ! T'aimais pas que je t'appelle Grand-Mât. Mais tu l'mérites bien. T'as tout du cap-hornier.

Il part derrière le second et se retourne pour beugler d'une voix horriblement fausse :

Le vent de mer nous a trahis
nous a fait voir de beaux pays
et puis voilà où nous en sommes...

Bernier s'approche du timonier.
— Allez, filez vite !
— Non, je reste avec vous. Il faut un barreur.
— C'est un ordre !
— Faut un barreur.
— Vous me prenez pour un con ?

L'autre change d'attitude. D'une voix douce, il implore tout en continuant sa tâche :
— Commandant, vous pouvez pas me faire ça. Je vous en supplie. On s'en sortira ensemble, j'en suis sûr.

— C'est bon, je vais aider le chef.

Bernier, avant de descendre, regarde les canots insubmersibles où les hommes se sont engouffrés. Le premier qui plonge est celui que commande le Breton. L'eau gicle très haut, les câbles dansent, comme fous. Un énorme paquet de mer recouvre la minuscule embarcation qu'on voit jaillir plus loin, avec sa petite hélice tournant un instant dans le vide avant de disparaître dans un tourbillon d'écume.

— Sauvés, dit Bernier.

Le deuxième canot passe au-dessus du bastingage au moment où une rafale d'une extrême violence arrive et le fait virer comme un poisson artificiel au bout d'une ligne. Le câble du bras de charge avant s'est rompu. Il fouette le vent. L'embarcation se balance très haut. Un instant on peut croire que l'autre croc va s'ouvrir, mais il reste coincé et une deuxième gifle de la tempête ramène le canot contre le bordage avec une force inouïe. La petite coque s'ouvre comme une noix sous une pierre. Elle éclate littéralement. Les hommes sont engloutis par la vague suivante. L'un d'eux reste cramponné à la partie du canot encore suspendue, se démène comme un acrobate de cirque. Un instant seulement. Il lâche et on le voit plonger dans un creux.

— Seigneur ! fait le barreur, ils étaient six.

Puis, se tournant vers le commandant, il ajoute :

— Commandant, j'aurais dû être avec eux.

Bernier reste un instant à scruter l'océan derrière le bateau. Il voit des points orange minuscules qui dansent sur les lames.

— A cette saison, dit-il, l'eau doit faire entre 10 et 12. Ils ont peut-être une chance.

Le Grec s'est signé sans quitter des yeux cet océan avec lequel il semble encore heureux de s'empoigner. Pourtant, les mâchoires serrées sous sa barbe qui se hérisse, il pleure.

Le commandant scrute encore une fois les lames avant de s'engouffrer dans l'escalier de fer.

59.

Il fait près des diesels une chaleur de four. L'odeur d'huile surchauffée se mêle à celle des déchets. Dès que le chef mécanicien voit arriver le commandant, il se précipite pour le repousser vers l'escalier. Il porte un masque et sa voix étouffée est méconnaissable :

— Foutez le camp, commandant. C'est pas respirable.

Je viens vous aider.

— J'ai besoin de personne. Ça va être fait tout de suite.

Ses mains sont noires et gluantes. Il pousse Bernier qui remonte en disant :

— Prévenez-moi dès que c'est fait.

De sa voix assourdie, le chef crie encore :

— Je vais balancer du lourd, et par-dessus, ce qui reste de léger. Ça s'enflammera mieux !

Bernier acquiesce d'un signe de tête et grimpe. Dès qu'il atteint le niveau des cabines, il doit s'arrêter pour reprendre haleine. Il a du feu dans la gorge et la poitrine.

Il entre dans sa cabine et fourre dans ses poches un

portefeuille et quelques menus objets. Puis, endossant son gilet de sauvetage, il monte et rejoint Parmakelis qui continue son combat dans la timonerie.

— Enfilez votre gilet. Dans moins d'un quart d'heure ça devrait être prêt à flamber.

— Tout de même, fait l'énorme Grec, c'est quelque chose, en arriver là !

Son visage ravagé par la maladie et la peine semble une face de grand enfant brûlé.

— Oui, fait Bernier, même quand on commande un rafiot pourri, c'est pas facile de se saborder, seulement, des fois...

Il est interrompu par un craquement, une déchirure de métal, et, tout de suite, il semble que l'avant se lève à un autre rythme que la partie où ils sont.

— Bordel, on se coupe en deux !

— Ton gilet, nom de Dieu !

Bernier s'approche du micro d'ordres à la machine, actionne le petit levier de commande et hurle :

— Chef ! Chef ! Montez vite ! Montez vite !

Commandant, je descends chercher le chef.

— Je vous attends au pont d'embarquement.

Bernier sort. Il descend derrière le Grec qui tient mieux que lui aux coups que la mer donne dans tous les sens.

Déjà la gîte est énorme. Le cargo a dû se vriller comme une hélice à l'endroit où il s'est fendu.

Arrivé au pont des embarcations, le commandant ouvre la porte de métal que le vent lui arrache des mains. S'accrochant de toutes ses forces à la barre de garde qui court à l'extérieur du magasin-machines, il essaie de progresser en direction du canot. Il a beau être protégé par les superstructures, les gifles de vent et les paquets de mer manquent à chaque instant de lui faire lâcher prise.

Comme il progresse de travers, il regarde tantôt en direction du canot, tantôt vers la porte qu'il n'a pas pu refermer et qui bat avec des claquements de coups de feu. Il est encore à trente pas au moins du canot lorsque le colosse grec paraît, le chef inerte en travers de ses épaules. Lui tenant les jambes d'une main, il s'agrippe de l'autre. Le chef ne porte plus son masque.

Comme Bernier ébauche un mouvement pour retourner dans sa direction, le matelot hurle :

— Allez au canot ! Y peut plus respirer... Y voit plus !

Le commandant demeure à l'attendre à l'angle du magasin-machine. Là, plus de main courante. Il faut se lancer sur quatre pas au moins pour atteindre le bastingage et continuer la progression. Le Grec approche lentement, mais on sent que sa poigne tient aussi solidement qu'un étau. Le chef toujours inerte est balancé par les rafales.

— Avancez, commandant.

— Viens jusque-là.

Le Grec obéit. Son souffle est une forge. Dès qu'il a rejoint Bernier, celui-ci saisit le poignet du chef mécanicien. Il attend quelques secondes et dit :

— Lâche-le. Il est mort.

L'autre ne peut se résoudre à donner le coup de reins qui expédierait le corps à la mer. Le laissant glisser lentement contre lui, comme s'il voulait l'embrasser, il regarde son visage, puis, sans lâcher sa prise, il l'accompagne sur la tôle où le corps s'allonge. Le cargo plonge dans un creux où l'on peut craindre qu'il ne soit englouti, mais il remonte, hissé très haut par la vague. Le chef mécanicien a roulé puis glissé le long du bastingage. Un autre creux le tourne de travers. Cette fois, lorsque le *Gabbiano* remonte, le corps a disparu.

Le commandant et le timonier grec sont toujours là, accrochés aux barres. Des lames d'une brutalité inouïe les submergent, les laissant à moitié assommés. Le Grec vient tout près de Bernier. Sa poigne de fer lui enserre le poignet.

— Allez-y commandant.

Profitant que le navire monte au flanc d'une montagne d'eau, Bernier s'élance. Il s'affale sur le bastingage où l'autre le rejoint aussitôt. Ils demeurent sur place le temps de laisser passer trois vagues, puis Bernier, comme un haleur, progresse le long de la rambarde. Il atteint bientôt le canot et s'étire pour empoigner le bras de charge du bossoir pivotant. Pour le maintenir, le Grec l'a pris par la ceinture de son gilet. Au moment où il tire des deux mains pour décoincer le bras de charge, d'un seul coup, le *Gabbiano* se casse en deux par le centre. Tout de suite, l'arrière roule et les deux hommes se retrouvent assommés sous la masse énorme du pont arrière et du château.

Quand le Grec tiré par son gilet refait surface, la quille seule sort de l'eau avec l'hélice qui tourne encore. Une tache orange Peut-être le commandant, mais l'hercule qui perd son sang par la bouche et les oreilles n'a même plus la force d'un appel. Ses lèvres remuent à peine sous sa barbe ruisselante. Ses yeux se révulsent. Il a fini son combat avec l'océan. Une lame énorme l'emporte vers les hauteurs grises.

60.

La tempête a duré quatre jours et quatre nuits. Sur le Connemara, des landes, des tourbières et des bois ont été brûlés par le sel à plus de quatre milles de la côte. Le Lough Mask et le Lough Corrib pourtant abrités par les montagnes sont eux aussi entrés en furie.

Cette nuit, le vent est tombé d'un coup. Les montagnes ne hurlent plus, elles chantent des eaux qui ruissellent. Le premier soleil les fait miroiter.

L'océan ne s'est pas calmé, mais ce qui remue encore en lui de colère est plus sourd. Des vagues lourdes de fatigue heurtent les falaises d'Achill Island ou de Clifden, elles viennent mourir en écumant sur les plages et jusqu'au fond de Clew Bay de New Port à West Port.

Les gens restés terrés dans les maisons et les pubs durant la folie du ciel vont mesurer les dégâts.

Non loin de Clifden, il y a une petite chaumière blottie dans un repli de la lande pelée. Elle a très bien résisté à la tempête. Les vieux qui l'ont construite voilà deux siècles savaient d'où viennent les vents et de quoi ils sont capables.

Un homme et une femme en sortent. Les arbustes et les fleurs qu'ils ont plantés tout autour de leur demeure ont été ravagés, comme piétinés par un troupeau.

Derrière eux, un enfant de huit ans sort aussi. Le jardin détruit ne semble pas l'intéresser beaucoup. Il le contemple un moment puis, sans rien dire, il s'éloigne en suivant le cours du ruisseau qui va se perdre dans les sables de la plage où le garçon a l'habitude de jouer.

La mer est basse. Le ressac se fait assez loin mais la plage est méconnaissable.

Ce qui attire tout de suite l'enfant, ce sont les oiseaux. Les goélands, les mouettes, les fous de Bassan, les pétrels que, d'habitude, on ne peut pas approcher sont pris dans une espèce de glu jaunâtre semée de détritus, de bouts de tissu. Des fûts métalliques rouges, verts, bleus, jaunes ont roulé dans cet étrange bourbier.

Des oiseaux sont morts, d'autres vivent encore. Ils se débattent en poussant des plaintes qui font mal à entendre.

L'enfant s'approche. Il piétine dans cette glu qui colle à ses chaussures et les pénètre. Il glisse et tombe. Il se relève les genoux et les mains souillés, et réussit tout de même à empoigner un fou de Bassan qui trouve à peine la force de se débattre.

Le petit garçon regarde les autres oiseaux qu'il est impuissant à secourir.

Alors, serrant contre sa poitrine celui qu'il vient d'arracher au bourbier, il court du plus vite qu'il peut. Il remonte la rive du ruisseau et parvient devant la petite maison en criant :

— Des oiseaux. Tout plein d'oiseaux. Faut venir. Faut les prendre !

ÉPILOGUE

Les milliers d'oiseaux pris au piège de cette marée nauséabonde, gluante et corrosive sont morts. Pire que toutes les marées noires que le monde a connues, celle du *Gabbiano* disparu en mer ne s'est pas limitée à cette portion de la côte ouest de l'Irlande. Si sa glu multicolore est restée collée aux plages et aux falaises, aux rochers et aux quais des petits ports de pêche, les miasmes qui habitaient certaines des ordures contenues dans les fûts éventrés, invisibles et sournois, se sont infiltrés partout. Non seulement ils ont empoisonné la mer où crèvent des milliers de poissons, de mollusques et de crabes, mais, par les tourbières et les ruisseaux, par les prairies et les champs, ils ont envahi les terres du Connemara et gagnent lentement vers les contrées voisines.

Les hôpitaux de Galway, de Limerick et de Killarney, bondés, refusent des malades qu'il faut évacuer sur Cork et jusqu'à Dublin.

Cargo pour l'enfer

Parmi les épaves du cargo maudit, on a retrouvé les corps des officiers et des hommes d'équipage. Nul n'a survécu car le canot de sauvetage qui avait réussi à quitter le bord s'est fracassé contre les falaises d'Achill Head. Les gilets insubmersibles n'ont sauvé des profondeurs que des hommes aux membres disloqués et au crâne brisé.

La presse a beaucoup parlé de ce naufrage du *Gabbiano*. A présent, des ministres et des chefs d'Etat discourent et se réunissent pour tenter de résoudre le problème des ordures en un monde qui croule sous ses déjections.

On prépare le procès de Giovanni Frattori mais son avocat déclare qu'il n'est nullement inquiet pour son client qui n'était plus propriétaire du *Gabbiano* ni de sa cargaison au moment du naufrage.

Quant au sieur Marquis et à son homme à tout faire, ils ont quitté l'île de Man. Certains prétendent qu'ils sont allés vivre en Floride, d'autres croient les avoir rencontrés au Liechtenstein. Où qu'ils soient, ils ne risquent rien.

Dans la maison au toit de chaume, le petit garçon a beaucoup souffert. Brûlé, empoisonné, il était devenu presque aveugle et d'une effrayante maigreur. Durant des semaines, son corps est resté enflé et couvert de plaies purulentes.

Ce matin, alors que le soleil se levait derrière la montagne d'où coule le ruisseau qui traverse le jardin, l'enfant est mort en silence.

Sur la plage encore sale, l'océan respirait doucement.

Epilogue

Quant le petit a poussé un dernier gémissement de douleur, un fou de Bassan a traversé le ciel au-dessus du toit de chaume en lançant un « arak » rauque pareil au râle d'un vieillard à l'agonie.

Le grand oiseau blanc s'en allait vers le large pour plonger où la vague est redevenue claire.

Irlande et Toscane, 1987.
Prieuré Sainte-Anne, été 1992.

REMERCIEMENTS

Je remercie Jacques Duquesne et toutes les personnes qui m'ont aidé dans mes recherches et mon approche de la mer. La direction et le personnel de la Société Navale Chargeurs Delmas-Vieljeux, en particulier Jean-Marie Caulier et Mme de Rivaz. Les capitaines au long cours Jean-Pierre Fichepoil, Pierre l'Her et tout particulièrement Roland Berland et son équipage. La direction du port de Dunkerque et René Ryckembusch. Je remercie également les professeurs Nardo Vicente et Louis Rey, messieurs Frank Sérusclat et Alain Clément pour leurs conseils en matière scientifique de même que François Roelants du Vivier. Les docteurs Alain Dollinger, Robert Truchot et Jean Wertheimer.

Je remercie enfin Gabriella Andreis pour son assistance et ses conseils avisés.

TABLE

PREMIÈRE PARTIE
Caraïbe
Page 11

DEUXIÈME PARTIE
Les côtes d'Afrique
Page 77

TROISIÈME PARTIE
Méditerranée
Page 137

QUATRIÈME PARTIE
Grand large
Page 195

CINQUIÈME PARTIE
Connemara
Page 239

OUVRAGES
DE
BERNARD CLAVEL

Romans

Édit. Robert Laffont :
  L'ouvrier de la nuit.
  Pirates du Rhône.
  Qui m'emporte.
  L'Espagnol.
  Malataverne.
  Le Voyage du père.
  L'Hercule sur la place.
  Le Tambour du bief.
  Le Seigneur du fleuve.
  Le Silence des armes.
  La Grande Patience :
    1. La Maison des autres ;
    2. Celui qui voulait voir la mer ;
    3. Le Cœur des vivants ;
    4. Les Fruits de l'hiver.
  Les Colonnes du ciel :
    1. La Saison des loups ;
    2. La Lumière du lac ;
    3. La Femme de guerre ;
    4. Marie Bon Pain ;
    5. Compagnons du Nouveau-Monde.
Édit. J'ai Lu : Tiennot.
Édit. Albin Michel :
  Le Royaume du Nord :
    1. Harricana ;
    2. L'Or de la terre ;
    3. Miséréré ;

4. Amarok ;
5. L'Angélus du soir ;
6. Maudits Sauvages.
Quand j'étais capitaine.
Meurtre sur le Grandvaux.
La Révolte à deux sous.

Nouvelles

Édit. Robert Laffont : L'Espion aux yeux verts.
Édit. André Balland : L'Iroquoise.
La Bourrelle.
L'Homme du Labrador.

Divers

Édit. du Sud-Est : Paul Gauguin.
Édit. Norman C.L.D. : Célébration du bois.
Édit. Bordas : Léonard de Vinci.
Édit. Robert Laffont : Le Massacre des innocents.
Lettre à un képi blanc.
Édit. Stock : Écrit sur la neige.
Édit. du Chêne : Fleur de sel (photos Paul Morin).
Édit. universitaires Delarge : Terres de mémoire (avec un portrait par G. Renoy, photos J.-M. Curien).
Édit. Berger-Levrault : Arbres (photos J.-M. Curien).
Édit. J'ai Lu : Bernard Clavel, qui êtes-vous ? (en coll. avec Adeline Rivard).
Édit. Robert Laffont : Victoire au Mans.
Édit. H.-R. Dufour : Bonlieu (dessins J.-F. Reymond).
Édit. Duculot : L'Ami Pierre (photos J.-Ph. Jourdin).
Édit. Actes Sud : Je te cherche, vieux Rhône.
Édit. Albin Michel : Le Royaume du Nord (photos J.-M. Chourgnoz).
Édit. Hifach : Contes du Léman (illustrations J.-P. Rémon).
Édit. du Choucas : Contes Espagnols (illustrations August Puig).

Pour enfants

Édit. La Farandole : L'Arbre qui chante.
   A Kénogami.
   L'Autobus des écoliers.
   Le Rallye du Désert.
Édit. Casterman : La Maison du canard bleu.
   Le Chien des Laurentides.
Édit. Hachette : Légendes des lacs et rivières.
   Légendes de la mer.
   Légendes des montagnes et forêts.
Édit. Robert Laffont : Le Voyage de la boule de neige.
Édit. Delarge : Félicien le fantôme (en coll. avec Josette Pratte).
Édit. École des Loisirs : Poèmes et comptines.
Édit. de l'École : Rouge Pomme.
Édit. Clancier-Guénaud : Le Hibou qui avait avalé la lune.
Édit. Rouge et Or : Odile et le vent du large.
Édit. Flammarion : Le Mouton noir et le loup blanc.
   L'Oie qui avait perdu le Nord.
   Au cochon qui danse.
Édit. Albin Michel : Le Roi des poissons.
Édit. Nathan : Le Grand Voyage de Quick Beaver.
   Les Portraits de Guillaume.
Édit. Claude Lefranc : La Saison des loups (bande dessinée par Malik).
Édit. du Seuil : La Cane de Barbarie.

La plupart des ouvrages de Bernard Clavel ont été repris par des clubs et en format de poche.

*La composition de ce livre
a été effectuée par Bussière à Saint-Amand,
l'impression et le brochage ont été effectués
sur presse CAMERON
dans les ateliers de B.C.A.
à Saint-Amand (Cher)
pour les Éditions Albin Michel*

*Achevé d'imprimer en janvier 1993
N° d'édition : 12733. N° d'impression : 3306-92/584
Dépôt légal : février 1993*